文芸社セレクション

ミレニアムリンク

ゆうき 真実
YUKI Makoto

社

目次

プロローグ …… 4
第一章 …… 16
第二章 …… 128
第三章 …… 199
第四章 …… 274

プロローグ

毎夜、幾夜と夢の中だけに登場する顔も名前も知らない訪問者。
登場するのは〝声〟だけ。
姿を現すことを拒むのならば、せめて、物語の一つでも語ってくれればいいのに…。
そうしたら、それは楽しい夢物語として、夢の中だけで完結をしていただろう。
訪問者はそれを拒絶した。
夢の中の住人にはなりたくないと訴えるように、主人格である少女を呼び続けた。
『見付けて』『気付いて』と。
次第に少女は眠りにつく前にその訪問者のことを思い浮かべるようになった。
—今日こそは会えるだろうか—と。
一体、何者なのか、なぜ自分の夢に現れるのか、どんな姿をして、どんな表情で…。
何年も—何年も想像だけが膨らみ続け、千夜が過ぎていく。
—知りたい—

それは祈りに近い人の願いであり、本能。

少女は待ち続けた。

やがて、蓄積された強い欲求は、水瓶の水が溢れるように、いつかは限界を迎える。

これは、その〝いつか〟が来た日の一夜。


『……さ…』

『ぎ……さ』

ぼんやりとした意識の中で目が覚める。

そこは果てしない…無限の暗闇。

光さえ届かないブラックホールの中に投げ出されたかのようだ。

目が正常に機能しているのかも判断ができない。ただ上下左右に動いていく眼球運動の感覚だけは、とてもリアルだった。

『な…ぎ……さ…』

最深部から声が近付いてくる。

今度は聴覚に意識を向ける。自分の呼吸音と心音がやけによく聞こえる。

『…思い…出して…』

『はやく…』

今度はしっかり耳に届いた。

さざ波のように小さく、ただ繰り返し繰り返し―少女を求め続ける祈りの声。

（―ああ。またこの夢だ）

物心付いた時から何百回、何千回と同じ夢を見る。けれど、今までどんなに切望しても声の主は姿を現すことはなかった。

「だれ？」「私を呼ぶのは誰なの？」

何もない空間に自分の声が反響し、少女―渚《なぎさ》は身震いをした。

声は、沈黙する。

「どうして何も答えないの？」

求められているのに、いざ手を伸ばせば、消えてしまう。置き土産として残るのは、大きな不快感と落胆の気持ち。

渚はここから脱出する方法を知っている。

もう一度目を閉じて。常闇に、この身を任せればすぐにでも、光を取り戻すことができる。白い天井に、四畳半の色のある空間、そして、大好きな人達の顔が脳裏を掠めていく。

「無」はとても寒くて、恐ろしい。

一刻もはやくここから立ち去りたいという気持ちと、あの声の謎を解明したいという気持ち、恐怖と好奇心、天秤にかけるならば、ヒトはどちらの感情に傾くのだろうか。

この日、渚は初めて目を閉じることを拒んだ。好奇心に初めて天秤が傾いたのだ。

しかし、すぐに後悔した。

この選択が災いを引き起こす鍵となるかもしれない。もしかしたら、もう二度と引き返せないかもしれない。前進が必ず望む方向に進むとは限らない。現状維持は罪ではないはずだ。そう思うと震えが止まらない。

（知りたい…知らなきゃ）

それでも、好奇心は使命感へと変わり、右脚がゆっくりと動いていくのが、感覚で分かった。

「お願い…教えて。あなたは誰なの？」

精一杯の勇気を引き絞り、愛しい現実を振り払い、求めている声を待った。

けれど、声は無情にも沈黙を守った。

その瞬間、涙が零れた。

「……どうして…」

裏切られたような、そんな絶望感と悔しさ、そして湧き上がる怒りが同じ釜の中で煮えたぎり、溢れかえる。

「ねえ、答えてよ！」

脚が一歩、二歩、三歩…、そして、大地を蹴るように駆け出した。

『そうだ。それでいい』

脳内に声が響く。渚は目を見開いた。

それでも、動く脚を止めはしなかった。

姿形のない不可思議な鬼ごっこはもう、とっくに開始している。

『君が動かなければ何も変わらない』

気が付くと渚は闇の中に生まれた一点、小さな光を目指していた。

『さあ！　心の声に耳を傾けろ！』

『時は近い』

抑揚のない機械的な声に一つまみの感情が添えられる。

暗黒に一つの希望。渚は、夢中でそれに手を伸ばした。

広がっていく光。―と、手のひらに懐かしい肌の感触を感じ、渚は反射的に力を込めた。瞬間、光が爆発したように、四方を照らし一気に闇を押し返した。

「うっ！」

渚はその光に呑み込まれた。目の上に翳した指の隙間からは強烈な光が漏れ出し、睫毛が高速に動く。薄目で必死に抗うも、強制的に幕が下ろされ、瞼の裏では遮断しきれない光の残像がちかちかと踊り狂う。

（一体、何が起きてるの？）

確かめようにも、視界が奪われているこの状況ではどうすることもできない。

渚は、ただ無防備に事態が収束してくれることを祈るしかなかった。

やがて光が静かに弱まっていくのを瞼の裏で感じ、渚は恐る恐る目を開いていく。

同時に溜めていた涙がドッと頬を伝って流れ出す。その涙を服の裾で拭いながら、
渚はようやく辺りを見回した。

ようやく認識できた視線の先――

目の前の光が中央から静かに開かれると、渚のいた世界は一変していた。

「わぁ……」思わず声が漏れた。

億万の宝石を散りばめたような、数多の光が夜空を彩る。時折、宝石は天空を流れて消えていく。

今度の世界は、途切れもない、隔たるものもない、どこまでも伸びて続いていく天穹。そして地上ははるかに広がる大草原。

その世界にはそれしかない。

地平線がはっきりと見える。

風が、流れれば草原は一斉にざわめきだす。夜空に浮かぶ無数の光も瞬き、その色を瞬間的に変えていく。

命というものを全身ではっきりと感じる。

いつの間にか観客から、舞台の登場人物へと変わっていくかのような、そんな気持ちにさせられる。

「…綺麗……」

言葉がまた一つ零れ落ちる。渚の瞳は熱を帯びたように潤み、高揚する気持ちのままに、脚を動かした。くるりと自分の周りを半周するとすぐに足を止めた。

「あ…」ドクンと一回、心臓が跳ね上がる。

渚はゆっくりと唾を呑み込んだ。

満天の星空の下、それは天空を仰ぎ見ながら立っていた。

その姿は確かに渚と同じヒトではあったが、身体は光を纏い美しく輝いていた。

白い一枚布を巻き付けただけのシンプルな衣装は、神聖さを助長させ、上天の宝石を散りばめたような青紫の長い髪は静かに風になびき、隙間から見えた完璧な横顔はどこか哀調を帯びていた。

現実離れしたその存在に、一枚の絵画を鑑賞しているような錯覚さえ引き起こす。

（神…様？）

（ああ――、そうだ、神様だ）

確証なんてない。証明なんてできない。ただ、人ではない何か、悪魔でも死神でも天使でもない、目の前にいる存在に名を付けるならば、一番しっくりくる言葉がそれだった。

「やっと、会うことができたね」

その言葉は誰に向けたものなのだろうか。

視線の先で輝いている星々へのメッセージなのか、広大な大地に佇む一人の少女に向けたものなのか。ただ何百回、何千回と聞いてきたその声に渚の身体が先に反応した。

ゆらりと視線が移動する。数多の光を映し出したその瞳は、一人の少女に向けられる。

跳ね上がった心音が騒ぎ出す。

両脚は小さく震える。

（こっちに来る！）

その強烈なまでの存在は、そっと渚に近付くとそのまま強張っている彼女の頬に手を添えた。夢の中だからだろうか、体温は感じられない。それでも、頬に触れられた手の感触はぼんやりだけれど確かにあった。

目を見開き、頬を染めていく渚の様子を愛おしそうに眺める非現実的な存在。

「そう警戒しないでおくれ。私の名は…そうだな…。現代名では奏《かなで》としている。まずは…思い出してくれたかな?」

奏の言葉に渚の表情は曇っていく。

スクリーン越しのような、ぼんやりとした手の感触や声、瞳でさえも懐かしさを覚えるのに、それが何なのかは分からない。

遠い昔、何か大切なモノを置いてきた。渚にはそんな気がしてならなかった。

「そんな顔をしないでおくれ…」

奏は、頬を移動し、渚の短くやわらかな髪を「大丈夫だよ」と優しく撫でた。

渚は何となく気恥ずかしさを感じながらも、その手に身を任せた。

(不思議な夢…)

奏は一呼吸おくと今度は真剣な眼差しで、渚を見つめた。

「いいかい渚、これから私が話すことをよくお聞き?」

困惑する気持ちを押し殺し、渚も何とかそれに答えようとやっと小さく頷いた。

「いい子だね」

奏は精一杯の彼女の返答に目を細めたが、

「…私が何度も渚に呼びかけ、こうして、

現れたことには意味がある」

すぐに言葉が切れ、その口元からはスッと笑みが消えた。

長い沈黙の後、ゆっくりとそして確実に唇を動かしていく。

「……気を付けて」

—たった一言。

けれど、その一言は渚の身体を一瞬にして凍らせるには十分過ぎた。

「闇は確実に近付いている。皆の中に眠っている力を解き放ち、其方自身も思い出さなければ…全てが終わる」

奏は表情一つ変えずに容赦なく続ける。

「私はここから動けない。けれど其方を守ってくれる者が必ず現れる。どうか、信じてほしい」

渚は己の震える身体を支えるだけで精一杯で、奏の言葉の意味を考えられる程の余裕などなかった。けれど…、

「な、なにを言っているの？　闇って？　力って？　終わるってどういうこと？」

ようやく動き出した夢物語から、意味が変わってきていることには気付き始めていた。

「あ！」

　渚が初めて奏に対して言葉を紡いだ瞬間、奏の身体は薄く透明がかり、その表情は最初の頃のように物悲しく、何かを伝えたそうに渚を見つめていた。

「待って！」

　これが別れの合図だと渚にも分かった。

「すまない…。時間だ」

「そんな！　お願い、教えて！　聞きたいことは山程あるの！」

「大丈夫。渚が私を…求める限り…また…すぐに…会えるさ」

　途切れながらも同じく言葉を紡いでいく奏の口元にはもう一度、微笑みが宿る。

「だから……必ず…思い…出して」

「待って!!」

　渚は必死に手を伸ばした。

「だめ！」

「なぎ……」

　言い終える間もなく奏の像は静かに消滅した。

「奏――っ!!」

　渚が駆け出すと夜空の星々が光を放ち、

彼女を押し返した。

「だ、だめ――――!!」

第一章

今井咲《いまいさき》は、さわやかな朝の日差しとは対照的に困ったように眉を顰めながら、その原因の根源をじっと眺めていた。

部屋に入ってきてから、「う〜ん、う〜ん」と、魘《うな》されていたり、かと思えば急に頬を赤らめたりと、百面相で忙しそうに寝ている白石渚《しらいしなぎさ》を最初は面白がって見ていたものの、いよいよ心配になってきた。

「ふう…」と、小さなため息を一つ。

咲はようやく身を乗り出し渚の体を揺すった。

「ほーら、渚。起きてー朝だよ」

「みんなあんたのこと待っているんだよー」

一瞬、ピクリと渚の顔が反応したが、それでも、まだ、起きる気配はない。

「渚ったら…」

咲は、さらに身体を傾け、渚の顔まで寄っていった。

「もう！　いい加減に起きなったら！　なーぎー…」

「だ、だめー！」

突如、渚の上半身が跳ね上がった。

ゴンッッ!!　という、鈍い音が響くと、言葉にできない激痛が二人の前頭葉を走った。

「くっ…お星さま」

額を押さえて悶え苦しむ渚の下半身にずっしりと重みがのしかかる。

その時、二回のノック音がドアの外から鳴り響いた。

「入るねー」

渚の返事を待たずに、カチャリと部屋のドアが開き、その隙間から小柄な少年がひらりと入ってきた。

少年は渚の太腿で倒れている長い黒髪の少女を見つけると、にんまりと笑みを浮かべた。

「あー！　咲、お前なに寝てーん。ミイラ取りがミイラに…ぐふっ！」

即座に咲の一撃を腹部に受け、少年はごろごろとベッドの下に転がっていく。

「あぁ！　洸《こう》く…」

バンッ!! と荒い開閉音が渚の言葉を遮った。

「お前ら! 渚、起こすのにいつまで時間かかって……って、なにしてんだ?」

いきなり部屋に飛び込んできた真っ黒に日焼けをしたような褐色の肌の少年は、訝しげにその有様に鋭い視線を向けた。

朝日に反射した赤み掛かったその髪は、少年の存在を強烈に印象付けた。…が、

「あっ…直《なお》くん。おはよう」

渚は、まだじんじんと痛む額を摩りながら呑気な口調で返事をした。

「おはよう…じゃないでしょーに!!」

衝撃から自力で立ち直った咲が腹立たしそうに、渚の髪をくしゃくしゃと掻き回した。

「や、やめてよー。ぼさぼさになる!」

「なら、今すぐ起きて髪をセットすることね!」

そう言うと、咲は軽く渚の頭頂部を小突いた。

一番強烈なシーンにも拘わらず完全に蚊帳の外にされた少年は、肩越しに一言ぽつりと呟いた。

「お前ら…朝飯抜きな」

その瞬間、渚も咲もベッドから慌てて飛び出した。

「待って！　待ってよー！　直くん」

　バタバタと走り去る音を聞きながら、ベッドの傍らに転がっていたもう一人の少年はむくりと顔を上げた。

「皆さん、僕をお忘れですね…」

「洸！　早く来ないと本当に抜きになるよ！」

　咲の甲高い声が廊下に響くと、洸はミルクティー色の髪を翻して、子ウサギのようにダイニングへとすっ飛んで行った。

　賑やかな朝、いつもと同じ顔。

　何ひとつ変わっていないのに渚の頭の中では奏の言っていた言葉が離れない。

　―闇は確実に近付いている―


「渚、どうしたの？」

「えっ…？」

　先程からスプーンを片手に、一点を見つめたまま器用にも彫刻のように固まっている渚の様子に、養育者の広瀬《ひろせ》碧《みどり》は心配そうに声を掛けた。

　その奥には同い年の三人の仲間の視線が連なる。

「あぁ！」渚は声を上げた。

「ごめんなさい。少しぼっとしていて…」

なんとか誤魔化そうとしても皆の視線は変わらない。

幼い時から両親のいない渚を含め四人は、碧に保護され、同じこの【ひなたハウス】で育てられた。

家族同然に一緒にいるため、渚のちょっとした変化も見逃してくれる筈がなかった。

「うっ…」

渚は気まずそうに窓の外へと視線を走らせると、丁度庭の記念樹が満開に咲き誇っているのが目に入った。

麗らかな陽光の中に冬の名残を残したかのような透き通った風が吹き込むと、それに乗って一枚の小さな花びらが渚の眼前にひらひらと舞い降りてきた。

(ああ…。私がここへ来たのも、こんな季節だったな…)

手のひらに春の息吹を感じ、渚の意識は過去へと遡る――。


渚が小学四年生に進級したばかりの春、幼い彼女のいた環境は今とは想像も付かない程に生きづらいものだった。

「お母さん…今、何て言ったの?」

その頃の彼女は、まだ両親と暮らしていた。と、言っても父親の白石《しらいし》伊織《いおり》は画家で各地を渡り、殆ど家には帰らず、久しぶりに帰ってきても妻の白石入江《しらいしいりえ》との夫婦喧嘩が絶えなかった。

娘に会ったとしても無関心ならまだいい方だ。初めからそこに渚はいなかったかのように目すら合わせてはくれない。

最後に言葉を交わしたのはいつだったか…それすら渚の記憶には残されていなかった。

そして母親である入江はというと、深夜に出掛けていくと、いつ帰ってくるのかも分からない状況が日常化していた。

両親の情報は近所の人の噂話が全てであり、渚は一人それを呑み込んでいた。

その日は、渚が学校から帰ると珍しく夕食があり、入江の姿もあった。

不審に思いながらも久しぶりの手料理を喜んで口に運んでいた矢先、入江はゆっくりと渚に近付き、何の躊躇いもなく、機械的に口を開いた。

「ねぇ、渚。私ね…勤務先で新しい人を見つけたの」

「ゲホッ！」

突然の言葉に噎せ返り、食べ物を吐き出す渚に、入江は微動だにせず拒絶に満ちた眼差しを向けた。

「汚いわね…。後で片付けといてよ」

そして渚の様子などお構いなしに続けた。

「彼と海外に行くつもりだから、あんたの面倒はあんたの父さんにでも連絡して頼みなさいね」

ドラマでよく見た光景、言葉に渚は愕然とした。

いつか自分もこんな風に捨てられるのではないか。そう予感はしていた。

母は震える子を残し、静かに背を向ける。

「い、嫌だよ！」

渚は糸が切れたように叫んだ。

瞳を涙で一杯にし、ぎゅっと小さな拳をつくり服の裾を握り締める。

「お父さんは、私が嫌いなんだよ！　今のままでいいからお母さんのとこにいたいよ……」

それは今まで自己主張することなく、息を潜めて暮らしていた渚にとっての最大の我儘だった。

入江はスッと足を止め、満面の笑顔で渚の方に振り返った。

渚も大きな瞳をキラキラ輝かせた。

その瞬間…、

「私も…あんたが嫌いよ」

敵意すら感じる嫌悪感に満ちた拒絶がダイニングに重く響く。

言葉のナイフが渚の心臓部を突き刺した。

瞳に溜まっていた水滴がツーッと静かに頬を伝ってポタリと落ちていく。

（痛い…痛い…痛い………痛い!!）

渚は逃げるように家を飛び出した。

（お母さんの言っていたことは全部嘘だ!!）

駆け出した夜の住宅街。

多くの家屋が入り組み、心許無い街路灯が「こっちだ」と、案内をする。

放たれた言葉を記憶から消し去ろうと頭を必死に振り続けて走っていたせいで、涙でグショグショになった顔面に、腰まである長い髪がベタベタとくっ付き渚の視界を遮っていく。

息が苦しくなってもギリギリまで走り続け、辿り着いた場所は舗装もされていない、芝生もない地面剝き出しの見知らぬ閑疎な公園だった。

心臓の音がよく聞こえる。

呼吸は乱れ、息をしているはずなのに、水の中に閉じ込められたように苦しい。

渚は前屈みになり、慣れた様子で口を手のひらで覆った。

自力で呼吸を調えていく齢九つの子どもに手を差し伸べる者はいなく、震える小さな背中を摩ってくれる者もいない。

唯一、ベンチに座っていたカップルも面倒事はごめんだと言わんばかりに、早々に退散していった。

「お、お母さん…」

顔に張り付いた髪を掻き分け、渚は天を仰いだ。

頭上には、星一つない夜空に大きな満月が切り絵のようにぽっかりと浮かび上がり、渚を明るく照らしていた。

(私が付いているよ)まるでそう言っているかのようだ。

「うっ…うっ…うわぁぁぁぁぁ!!」

渚は、初めて声を張り上げ泣き叫んだ。

これまでの両親とのことを思い出そうにも、今は二人の背中しか浮かばない。

投げ付けられる理不尽と拒絶の数々。

それでも、まだ父と母からの愛情を求めて手を伸ばす。

「お母さ……」「お母さ――――ん!!」

突如重なった声。

渚はすぐに動きを静止させた。

「え…な、に？」

「どうして…ぼくを…う、う…」

声に誘われるように恐る恐る公園を抜けると、渚の進行方向とは反対に歩いてくる自分より一回り小さな男の子を見つけた。

必死で涙を止めようと目を擦りながら、ふらりと車道に方向転換した姿が、渚のぼやけた視界に映り込む。

「え、ちょ、ちょっと、まって！」

そこは主要道路ではないため車の通りも激しくはないが…少年は気付いていない。

木材を積んだトラックが、速度を落とさず自分に迫っていることを。

「危ない！　行っちゃだめ!!」

けれど渚の叫びも虚しく少年の耳には届いていない。

（―助けなきゃ！）

その瞬間、渚の脳内はそれ一色に変わった。親の愛を知らない臆病な少女は地を蹴った。

その後の記憶は断片的だ。

トラックのクラクションを耳にし、全身にヘッドライトの強い光を浴びながら、最後に目に飛び込んできたのは陽光のような温かな光だった。

次に渚の記憶に残っているのは、夢か現実かも判断がつかない朦朧とする世界の中だった。

体が宙にふわふわと浮かんでいる感覚と、「…ごめん」優しい声が耳元で囁くのが聞こえると、そこで完全に記憶は途絶えた。

渚が完全に目覚めた時にはすでに見知らぬ天井と女性の顔があった。

「あっ！　目が覚めたのね！　……良かった」

（ここは…どこ？　この人は…だれ？）

記憶喪失ではないはずなのに、情報が錯綜していて、上手く言葉にならない。

白い天井と丸眼鏡の下で泣いて喜ぶ女性を交互にただぼんやりと眺めていた。

瞬間、渚の視界は薄茶色の大きな瞳が支配した。

「ねえねえ、きみの名前…イダッ！」

ドカッッ!!　と衝撃音が走る。

感動的な場面にも拘わらず空気の読めないそれは、一瞬にして鈍い音と共に渚の視界から消え去った。

「ごめんね。あいつバカだから」

漆黒の美しい髪と涼しげな目元が印象的な少女が渚を覗き込むと、笑い声が部屋中に響いた。

「ねえ碧さん！　この子びっくりしているよ」

次々と見知らぬ顔が自分の視界を通り過ぎ、足されてく情報に渚の脳内処理は追い付いていない。目を見開きポカンと口を開けているその姿は俗に言うバカ面。

「驚かせちゃダメよ。まずは自己紹介でしょ？」

碧さんと呼ばれていたその女性は渚の頭を優しく撫でた。

「私は広瀬碧よ。この子達の母親なの」

「え……母親？」

渚は目を疑った。

丸眼鏡、そして短いワンレンの髪型にエプロン姿が印象的なその女性は、小学生の目から見ても、母というには若過ぎる風貌で、寧ろ、姉の方が自然な感じがした。

渚は警戒心を隠せないまま、起き上がると、やはり見知らぬ部屋が広がっていた。

「具合悪いか？」

「だ、だいじょうぶ！」

渚がその声に反射的に答えると、部屋の隅にいた褐色の肌をした少年が安心したように壁に凭れた。

「え、えっと…」

完全に誰かと聞くタイミングを逃してしまった。

「だーかーらー！　自己紹介が先って碧さんが言ってたでしょ！」

黒髪の少女は何故か床に転がっていた少年を捕まえ、腕でその首をギュウと絞めた。

「ぼ、ぼ、僕は！　湊洸と申しますぅ！」

半ば強制的に自己紹介を終えると、洸はペシペシと少女の腕を叩いた。

「あっ！　私は、今井咲ね」

黒髪の少女…咲はすぐに壁に凭れている少年を指差した。

「あの目つきの悪いのは、水波直ね」

直はギロッと咲を睨むが、そのままため息を残し、目を逸らした。

そして皆の視線が一気に渚に向くと、暫くして「あぁ！」ようやく意図に気が付いた。

「私は白石渚…です。…あの…どうしてここに…」

「私達もよく分からないけど…」

碧は間を開けると視線を部屋の隅に移動させ、そっと続けた。

「この家の玄関で倒れているのをあそこにいる直が見つけたの」

「渚ちゃん二日も眠ってたんだよー」

「……………二日…？」

咲の腕から脱出した洸がそう告げると、渚の顔から血の気が引いた。

「か、帰らなきゃ！　お、お母さんが！」

その瞳は焦りと恐怖で輝きを失い、濁っていた。

この異常なまでの変わり様に、周りにいる咲達は目を見合わせた。

「落ち着いて、渚ちゃん」

碧は渚をぎゅっと抱きしめ背中を軽くポンポンと叩いた。

「あなたは、まだ子どもよ。そんな目をしちゃダメ…」

そして額にそっとキスをすると碧は微笑みを浮かべた。

「大丈夫！　ちゃんと送ってあげるから。

きっと、お家の人も心配しているわね」

「私たちも行く！」

しっかり外出着に着替えて戻ってきた咲は渚の前に立った。

「私達が一緒に行けば、お母さんも怒らないよ！　だから、そんなにめそめそしない！」

ピシャリと言い放った咲に渚は目を丸くした。

言葉の意味が理解できない上に、咲のきつい顔と口調に責められたように感じたのだ。

耳元で「あれが咲の優しさなの。自分達も一緒に謝れば、きっと許してくれる。そう思っているのよ」碧がフォローを入れたが、それが逆に渚には不思議で仕方がなかった。

なぜ他人をそこまで思い遣れるのか、優しく接してくれるのか。

（こんなの…私、知らない）

一番は抱きしめられた温もりに、実の親すら与えてくれなかった安らぎと喜びを感じてしまった自分に戸惑いを隠せなかった。

「ここのお家で合っているかな？」

碧は、渚に借りた学校指定の名札を手に持ちながら、液晶画面から映し出される情報と眼前に佇む白い一軒家を交互に見直した。

学校から碧に気付かれるまで衣服に取り付けたままの名札が幸いし、すぐに住所を調べることができた。

「はい、ありがとうございました」

渚は深々と碧に頭を下げた。

「あれ？　でも家のドア開かないよー」

ガチャガチャと人様のドアを遠慮なく開けようとする洸の蟀谷《こめかみ》を、咲はグリグリと捻った。

「イタッ！　痛い！　痛いー」

洸の叫びは辺りに響き渡るが「平気だよ。私が鍵を持っているから」と完全無視状態で、嬉しそうにポケットから鍵を出している渚の姿に、陰で直が苦笑いを浮かべていたことは誰も知らない。

「ただいま…」

玄関に入ると冷たい風と雰囲気が渚を襲った。

思わず身震いしながらひんやりとした廊下を抜け、ダイニングの扉を開くと、

「えっ…」渚は自分の目を疑った。

そこには住んでいたことすら拒絶するかのように全ての物が失われ、ガランとした空間だけが広がっていた。

「どうしたの？　渚ちゃん」

渚の尋常じゃない雰囲気を察知して、皆もダイニングに駆け寄った。

「な、なんだ…これ…」

直の表情がみるみる強張っていく。

「どうして…。なんで…」

泣きじゃくる渚を咲は、しっかりと抱き留めた。

その時、碧は窓枠に挟まれていた一通の白い封筒を見つけた。

「渚ちゃん、これ…」

そっと差し出された長方形の封筒には確かに母の文字で「愛する渚へ」と書かれていた。

渚は藁にも縋る思いで急いで封を開けた。

(何かの間違いであってほしい)

しかし、その淡い思いは見事に砕け散った。皆が見守る中で開かれた便箋には、

「さようなら」それだけが書かれていた。

渚は最初で最後の母の手紙を胸に抱きしめながら膝から崩れ落ちた。

「お母さん…お母さん…」

蹲る渚の姿に咲と直の眉間には深く皺が寄った。何か言葉を掛けたいのに、その言葉が見つからない。やるせない気持ちに拳が震える。洸は、そんな二人の様子を静かに見つめていた。

その時だった。

「渚ちゃん、まだ希望はあるわ」

碧は渚の背中に優しく手を伸ばした。

「お父さんとは連絡は付かないの？　親戚の方は？　きっと事情を話せば、すぐにで

も飛んで来てくれる…」「そうだよ！」

碧が言い終わらない内に、洸が叫んだ。

「渚ちゃんには、まだ父ちゃんがいるじゃんか！　僕達には両方いないから…」

洸は泣き続ける渚の頭を撫でた。

「…渚…泣かないで…」

それは洸なりに一生懸命考えて振るい出した言葉だった。

渚は、ゆっくりと顔を上げると、

「りょ…両方いないって…？」か細い声で聞き返した。

「私達には親がいなくて、碧さんに拾われたの…」

咲が苦しそうに答えると、続くように直も頷いた。

その様子に渚は首を横に振った。

「お父さんも…親戚の人も…誰もいない」

渚は震える手でスカートのポケットに手を伸ばし、クシャクシャになった紙切れを皆の前に出した。

「見ていいの？」

咲が問いかけると渚は「うん…」と小さく頷いた。

恐る恐るそれを開き、内容を読み終えると、余りにも惨い渚の境遇に怒りで肩を震わせた。

「俺は心の優しい人間なので君達を解放してあげよう。もう会うこともないだろう。さようなら」

短い文で、そう記されていた。

「何てことを…」

碧は思わず口を手で覆った。

「三か月前に…お父さんの部屋を掃除して見つけたの。でも…」

渚は必死に涙を塞き止めようと唇を噛み締めたが、後から後から零れ落ちて、止まらない。

「お、お母さんには…このこと言えなかった」

最後の声は咲達に届いたか分からない程にか細く、今にも消えてしまいそうだった。

「か、勝手なことを――!!!!」

咲の劈《つんざ》くような怒声に共鳴するかのように窓の外に稲光が走り、それは天を駆け抜けた。

「きゃっっっ!」

碧は耳を塞ぎ、しゃがみ込んだ。

咲が怒りを爆発させた瞬間、ノーモーションで雷が近くに落ちた。

その雷鳴はその場にいるすべてを恐怖で支配できる程の威力。この一瞬ですべてのものを竦み上がらせる。

外は晴れているにも拘わらず、雨が降り始め、大地を濡らしていく。

吹き荒れる強風は辺りの木々を薙ぎ倒さんばかりに荒れ狂い、窓ガラスをビリビリ震わせた。

箱をひっくり返したような自然現象の数々は、皆の気持ちの代弁者なのかもしれないし、渚の涙と叫びを世界からかき消すためのカムフラージュなのかもしれない。

「狐の嫁入りかしら…」

碧は不安そうに窓の外を見つめた。

明かりが灯らない冷たい部屋に、稲光で照らされた渚達の影だけが悲しく映っていた。


どれくらいの時間が経っただろう。

皆が沈黙を守り、今にも壊れてなくなってしまいそうな少女をただ見守り続けた。

「渚ちゃん」

均衡を破ったのは、碧だった。

穏やかな声に、渚の肩が小さく震える。

その背に温かいものを感じ、顔を上げると碧の優しい眼差しが渚に向いていた。

「ようこそ、ひなたハウスへ。私達は渚ちゃんを歓迎しますよ」

碧はそう言うと渚に手を差し伸べた。

「これからのことは、私を含めて、多くの大人達が話し合って決めていかなきゃいけないけど。渚ちゃんをもう一人にはさせない。お父さん、お母さんが戻ってくるまで、一緒に待ちましょう」

碧の周りにいた咲達も力強く頷いた。

やがて渚は泣きじゃくりながらも、「置いていかないで」と碧にしがみついた。

この日、渚は腰まであった長く綺麗な琥珀色の髪をバッサリと切り、夜空に願いを掛けた。

切った髪は不思議なことに次の日には消えていて、それと引き換えのように、球体を包丁で真っ二つにしたような、青緑色の半球が机の上で輝きを放っていた。

あれから五年、伊織と入江の消息は未だ掴めないまま、渚達は今日、中学三年生へと進級をする。

何故、今になって蓋をした過去を思い出したのか渚自身にも分からない。

ただ夢に現れた奏という人物が渚の頭の中では引っ掛かっていた。

「なーぎーさー」

　はっと我に返ると目の前に咲の顔がどアップで映っていた。

　次の瞬間、渚のプクっとした頬は左右に伸びた。

「ひゃあ！　ひゃへてほ〜」

「いーやーよ」

　咲は半ば楽しげに、餅のようによく伸びる頬をこねくりまわしていく。

　やっと解放された時は渚の顔が真っ赤なリンゴの様になってからだった。

　若干、涙目になりながら、頬を摩ると、渚は「ん？」と、声を出した。

「あれ？　直くんは？」

　いつの間にか直の席は空席になっており、キッチンには、せわしなく動く碧の背中があった。

　咲と洸は「嘘でしょ？」と言わんばかりに、目を丸くさせている。

「直は生徒会の仕事あるからってとっくに行っちゃったわよ。ほら、今日は入学式だし、こういう行事事は駆り出されるでしょ。……気付いてなかったの？」

「うん。ごめん」

　渚は咲の尋問にいた堪れない様子で素直に答えた。

「ねえ、本当にどうしたのよ。

寝ている時も魘されていたし、今だって…」

咲が立ち上がると、「がさつな咲と違って、恋でもしているんじゃないのー」

洸はにやりと笑い「お年頃だしねー」と、わざとらしく咲を見た。

言ってやったとばかりに洸は満足そうに食パンを口に運ぶと、一瞬にしてそれは宙を舞った。

「ち、ちがうよ。そういうことじゃなくて…」

渚は言ってすぐに後悔した。

(この次に来る言葉は、きっと…)

「そういうことじゃなくて?」

予想していた言葉が咲と洸から返ってきた。

「えっと…」

渚は一瞬、話そうかと脳内審議が行われたが、すぐにその選択は棄却された。

(夢のことを深刻に話すのも変だよね?)

「ごめんね！　私も先にいくね！」

「ちょっと！　渚！」

咲の声を残し、渚は、ひなたハウスを飛び出した。

渚が学校へ着いた頃には昇降口の周りに新入生が溢れ返っていた。

旭ヶ原中学校を象徴する、新品の青いブレザー。女子はグレーのスカートと白いハイソックス。男子はグレーのズボン。

ブレザーの下からは、好みに合わせて水色のリボンとネクタイが各々顔を出している。

スカートと白シャツにほんのりある水色のストライプがお洒落だと、制服に関する話題もちらほらと聞こえてくる。

成長期を考慮してか、制服が自分の体躯より一回り大きく、制服に着られている姿が何とも初々しい。

春風が心地よく吹き、校門の桜はひなたハウスの庭と同じく満開に咲き誇り、新入生の入学を祝っているかのようだった。

渚は校舎に入るでもなく、昇降口の入口の隅でその光景をぼんやりと眺めていた。

「なんで、あんな夢を見たんだろう…」

風に舞い散る桜の花弁が実に幻想的で、それが却って渚を憂鬱にさせた。

(奏の言っていた闇って何だろう…。

眠っている力を解き放つって…。それより皆って誰のこと？　全部ただの夢だって可能性も…)

そこまで考えると渚は自分の頬を触った。

余りに現実離れしているが、渚には確かにこの頬に触れられた感触や慈愛に満ちた眼差しは、今でも鮮明に残っていた。

「やっぱり、みんなに相談してみようかな」

立ち止まっていた足を一歩踏み出そうとした、その刹那、チャイムの音と共に渚の横をフワッと温かな風が通り抜けた。

「えっ…」

何気に視線を向けた先には髪が綿毛のように、ふわふわ動いているのが渚の目に入った。

「あ、かわいい…」

無意識に出た言葉にすぐさま口を噤んだ。

その人物は紛れもなく学校の男子生徒だったのだ。

それも胸の右ポケットに小さく咲く一輪の花は、明らかに新入生であることを示していた。

「ご、ごめんなさい！」

慌てて謝る渚に新入生はハッと何かに気付いたような表情を見せてから、嬉しそうに微笑むと校舎の中に走り去って行った。

「あの人…どこかで見たような」

首を傾げ、渚もようやく歩き出した。


入学式が終了しても学校の周りは記念写真を撮る新入生で相変わらず賑わっていた。

おまけに部活動の勧誘をする在学生も混ざり、一種のお祭り騒ぎになっている。

そんな中…、

「まったく！　いくら話せないからって逃げることないじゃない！」

入学式が終わるや否や咲に捕まり、渚は校庭の桜の木の下に連行された。

「ごめんね…」

渚は頭を下げた。今日は謝ってばかりだ。

「私もちょっと混乱していて」

そう続けると、咲は息を吐き自分の黒髪を捻りながら口を開いた。

「別に無理に話せって言ってるんじゃないのよ？　ただ…一人で悩んでほしくないって…思ったから」

一見、吊り目で涼しげな顔に加え、無愛想な性格の咲は他人から冷たいと思われがちだ。

しかし、頬を赤くし一生懸命に話す彼女を見て、渚は穏やかな気持ちになった。

思わず笑みが溢れる。

「なにニヤニヤしているのよー」

「きゃっ！」

咲がそこまで言うとドスンと何かが、渚の背中にぶつかった。

目の前で恐怖に目を見開く渚を見て、咲は拳を握り締め身構えた。

—と、華奢な腕が背後から渚をギュッと抱きしめ、弾んだ声が遅れて響いた。

「みつけた！　みつけたよ！　会いたかった！」

「えっ！　な、なに？」

急いで後ろを振り返る渚を、その声の主は容赦なく今度は前方から抱きしめ、頬ずりをした。

瞬間、顎が外れんばかりにポカンとする渚と、咲の目前に噎せるような桜吹雪が舞い狂った。

「ちょっと待った！　待てって直！」

洸の中性的な声が響くと同時に、怒りに燃えた直の瞳が飛び込んできた。

直の褐色の腕が渚に抱き付いている者に届く直前…、

「落ち着けって！」

洸と咲がほぼ同時に飛び付いた。

桜の花びらに塗れた当の渚は、魂が抜けたように呆然と立ち尽くしていた。

「しっかりして渚！」

咲の一喝にハッと我に返ると、洸に押さえ付けられている直の複雑そうな顔が目に映った。

「へぇー。渚って名前なんだー」

洸以上に空気の読めない声がする。

渚は漸く顔を上げると「あっ！」と、驚きの声を上げた。

その人物は入学式前に擦れ違った新入生。

澄み渡る青空と舞い踊るピンクの花びらをバックに、陽の光をたっぷり浴びて、キラキラ輝くオレンジ掛かった綿毛のような金髪が渚の視界を彩った。

「あったかい…」

渚は、思わず零れたその言葉に妙なデジャヴを感じた。

「まずは、ご挨拶っと」

そんな時、ぼんやり見つめる渚の瞳の中に金色の星が降ってきた。

「わわっ！」

薄っすらと開けた視線の先には少年のいたずらな笑顔が弾けていた。

「なにするの！」

渚は真っ赤になってジタバタした。

「なにって…ただ、おでこにチュッ…」

その後の言葉は浅黒い骨張った手によって強制的に止められた。

「言うな」

直の声は掠れ掛かり、顔は怒りに満ちていた。

少年は頬を中央に寄せられ、蛸口のまま、目をパチパチさせた。

「直くん！」

渚は叫んだ。

「暴力はダメだよ」

直はちらりと渚を横目で見ると、大きく息を吐き出した。

それから不服そうに、ゆっくりとした動作で少年の頬から手を離し、握った拳を解いた。

けれど、眉間にはシワが寄ったままで歯を食いしばっている。誰がどう見ても不機嫌だ。

「何者だ、お前」

直は少年から渚を強制的に引き離した。

「一年二組の神崎隼《かんざきはやと》でーす」

余りの軽さに誰もが言葉をなくしたが、隼だけは遠慮なく続ける。

「ねえねえ、渚！　おれのこと覚えてない？」

「お前、いい加減に…」

直のことなどお構いなしで、隼は渚に詰め寄った。

「うーん、ごめんね…。私、隼くんのこと覚えてないの」

渚は困ったように眉を下げた。

動じもせず、さらりと言い返された隼は思い切り首を横に振った。

「そんなことない！」

隼は渚の目と鼻の先にまで顔を近付け自分の目を指差した。

隣の直は般若のような顔で隼を睨み付けたが、近付いてきた洸に取り押さえられている。

「よく見てよ、おれの目と髪…。

おれは渚をぜーんぶ、覚えているよ」

「う、うん…」

渋々、言われるがままに渚は覗き込んだ。そのビー玉のような瞳の奥――。

「まさか…」

一瞬、通り過ぎた情報に、渚は驚愕した。

意識的な記憶にはない。それでも記憶の貯蔵庫から、確かにその像の輪郭がなぞられていく。それは渚が想像していたよりもずっと小さな像だった。

五年前の、あの夜、渚は意識を失う瞬間、はっきりとその子どもの顔を見ていた。大きなまん丸い目に一杯の涙を溜め、ヘッドライトの強い光に反射した髪と瞳は黄金に輝き渚を見つめていた。

「あったかい…」

あの時、渚は子どもを力強く抱きしめ、一粒の涙を流し、意識を失った。

その少年と眼前にいる隼の瞳が重なっていく。結びついた記憶に、渚は大きく目を見開いた。

「その反応は…もしかして思い出してくれたの!?」

嬉しそうに飛び跳ねる隼の横で、黒いオーラを纏った直を洸が一生懸命宥めているが、…隼は全く気付いていない。

「五年前の事故…って言っても、気が付いたら無傷で警察の人に保護されていたんだけどね」

そして、隼は嬉しそうに続けた。

「ずっと、ずっと渚のこと探してたんだよ」

満面の笑みを浮かべる彼の姿は、頭上にある太陽の如く明るかった。

「な、なんで？」

「お礼が言いたかったんだー。あの時、助けてくれてありがとう！　って」

意識を失い、気付いた時にはベッドの上にいた渚は、ずっとその少年が気掛かりでいた。

「渚、この子ってあんたが気にしていた例の子なんだよね？」

隼の後ろで揉めている二人の男達を無視して咲は渚に近寄った。

渚は頷くと「元気にしていたんだね…。良かった…」と、目を潤ませた。

そんな彼女に隼は面食らったのか、

「えっと…。うん！　こんなに大きくなりました！」と、照れくさそうに笑った。

「いや、生き別れの親子か！」

奇跡の再会は隼のボケと、直を羽交い締めにしたままの洸の悲しいツッコミで幕を閉じた。

「台風みたいな子だったわね」

咲はフォークでショートケーキの苺を刺しながら、にやりと笑った。

渚達は、いつもの喫茶店で先程の出来事を振り返っていた。

「でもさー」

一仕事終えたとばかりに洸は首を左右に曲げながら口を開く。

「あいつ失礼だよなー。こう見えても渚は先輩だぜ」

「『こう見えても』は余計ですー」

おどけた振りをしながら渚は、ふと直に視線を移すとムスッとした表情で窓の外を眺めていた。

（く、空気が…）

「なになに？　それって難しい話？」

そんな重苦しい空気が一瞬で吹っ飛ぶ程の陽気な声が辺りに響いた。

「あっ！　空《そら》さん」

喫茶店オリジナルのエプロン姿で軽快に登場した空と呼ばれる青年は、渚に軽くウィンクをしてケーキを運んできた。

「相変わらず、みんな賑やかねー」

空の後ろから彼と瓜二つの顔立ちをした栗色のボブヘアの女性が温かな笑顔で、渚の大好きなココアを持ってきた。

「海《うみ》さん、今日もありがとうございます」

渚は上機嫌でそれを受け取った。

青野海そして青野空はここの喫茶店［エライア］で働いている双子の美人姉弟だ。ログハウス風な小さな喫茶店だが、二人の温かな雰囲気に惹かれて来る常連客も多い。

渚達もその一人だ。

ひなたハウスと学校の中間点に位置する、丘の上に佇む喫茶店は、学校帰りにこっそりと寄り道をする渚達のお気に入りの場所で、彼此、二年程の付き合いとなっている。

「いいえー。新学期早々、大変ね」

海はくすくす笑った。

「その子ってそんなにイケメンなのー？　でも、僕程じゃないでしょ？」

空は渚の顔を覗き込むと、キャラメル色の甘い瞳をキラキラ輝かせた。

「ち、近いですよ！」

渚が視線を外したその先に直の顔があった。

（お、怒ってる？）

「空！　馬鹿なことしてないで仕事するわよ！」

海は何かを感じ取ったのか、すぐさま空の耳を引っ張った。

「イテテテ！　姉さん痛いって！」

この空の姿に洸だけが静かに同情の眼差しを送っていた。

そんな思いも露知らず「イケメンも、お姉さんの前じゃ台無しね」と、笑う咲に洸はすかさず声を上げげた。

「えぇー！　咲がそんなこと言うなんて珍しいー。僕が近くにいても、そんなこと言わないのにさー」

洸はにんまりと小悪魔な笑みを浮かべた。

「もしかして！　咲は空君に…あれでこれー？　うっ！」

妙な仕草をした洸の脇腹に咲の肘が綺麗に入った。

「バカなこと言ってんじゃないわよ！

このタレ目」

「咲の鬼！」

そんな洸の姿に空の眉が八の字に下がっていく。

これには流石の直も小さく吹き出した。

その様子に海達も自然と笑みが零れ、喫茶店［エライア］は暖かな空気で溢れた。

カコーンっと静まり返った庭園の池に添水の澄み渡った音が響く。ここは山の奥地。

渚達の住んでいる【旭姫市《あさひめ》】の中心地は決してド田舎というわけではないが、どこにいても三六〇度山が見渡せる程、山脈に囲まれた場所であり、役所や学校、住宅街、商店街や娯楽施設、ショッピング施設など、殆どのものが、その中心地にギュッと詰め込まれている。

勿論、平野部だけでなく、山地部で暮らす人々も多く、周辺の山々では、未だに各々の文化や特色を見せている。

そんな中でも、異質な色を放っている場所が何カ所か存在する。

その一つが【影月山《かげつやま》】である。

昼間でも薄暗い影月山は、日が落ちると光を一切通さない暗闇と化す。

この影月山に一歩足を踏み入れた者は、別世界に迷い込んだかのような錯覚を起こすだろう。

そこは人の手があまり届いておらず、自然の状態が保たれ、神秘に満ちているため、霊山とも呼ばれ、天狗伝説や鬼伝説など数々の民話が残されている。

一方で、平野部に住む大人達は、不審者が出るから絶対に影月山へは行ってはいけないと、子ども達の耳に胼胝《たこ》ができる程言い聞かせている。

当の数少ない地元民は、不審者情報など一度も聞いたことがない。耳にするとすれば熊や猪といった害獣と呼ばれる動物の目撃情報やその被害情報だけだ。

不審者と呼ばれる者も、未知数な危険が待ち受けている山に行くのは流石にごめんだろう。

それでも地元民以外で影月山に入っていく人々は、山菜やキノコといった自然の恵みを取りに来る勇気のあるお年寄りか、自決するために入っていく者か、この地域特性を理解していない外部の人間か、将又、噂に聞く古くからある道場の関係者か。

いずれにせよ滅多なことでは好き好んで入っていく者はいない。


その噂の道場というのが、影月山の奥地にある大きな寺院を改装して造った坂本道場である。広い敷地の真ん中には小川が流れ、それぞれで板葺屋根が特徴的な本棟造の古い道場と家屋が存在する。

師範の坂本綜《さかもとそう》は無口で人付き合いを滅多にしない人物だが、身寄りのない子ども達を引き取り、武術を教えながら暮らしている。

そんな普段は外部の人間が寄り付かない坂本道場の客間から、湯気が立ち込めているのが見える。

(珍しいですね。来客ですか…)

師匠を探して小川を越え、普段は足を運ばない離れ部屋の茶室まで来たが、人の気配を察した青年は一瞬、足を止めた。

—が、同時に道着の袴を思いっ切り引き寄せられバランスを崩した。

「な、何す…る」

言い終わらない内に引っ繰り返った視線の中には、紅色の宝石が二つ飛び込んできた。

「駄目だよ…琳《りん》」

彼は囁いた。

「見て…赤色」

同期の椿《つばき》が指差す先には茶室の入口に飾られた一輪挿しがあり、真っ赤な花が生けてあった。

「分かっています！　だから今、行くのを止そうとしたのです」

琳はため息をついた。

「急に気配を消して引っ張らないでください。驚きましたよ」

「あっ…ごめん」

感情を表に出さない椿だが、琳には何となく彼の気持ちが伝わった。

琳はつい口調がきつくなってしまったことを少し後悔した。

「まあ、貴方が心配するのも分かります。ありがとうございました」

一輪挿しの花の色は一種の合図となっている。

白なら師範の綜が一人でいる＝『訪ねて良い』青なら来客あり＝『外の小窓からならば声を掛けても良い』

そして赤は…『絶対に近寄るな』

赤色の花が妖しく光るその日は、中で何が行われているのか誰も知らない。

「じゃあ…ボク…行くね」

そう言うと、しゃがんでいた椿は身軽に立ち上がった。

「そんな急いで何処に行くのですか？」

琳が不安そうに淡青の瞳を向けると、椿は少し口角を上げた。

「うん…奏のとこ。頼みごと…されたから」

『奏』その名を聞いた瞬間、琳の眉はぴくりと動いた。

「彼をあまり信用しない方がいいですよ」

「それは…無理」

嬉しそうに白銀の髪を揺らし、去って行く椿の背中を琳は、苦虫を噛み潰した様な顔つきで見送った。「馬鹿な人です…」

広い草原に髪を靡かせ真夜中の一天を見上げる。天には億万の星々が光り輝き夜空を照らす。

「姫、何をしてるんですか？」

舞い散るアーモンドの花弁と共に、にこにこと嬉しそうに、彼の者は少女に駆け寄った。

少女は微かに笑みを返すと、また天を仰いだ。

「ゲミニ…星を見ていたの。ずっと…」

ゲミニと呼ばれた彼の者は不思議そうな顔をした。

「星…ですか？」

「そう。使命を果たせば、いずれ貴方達はあそこに戻る…。それが、とても寂しいの」

そう言うと少女は愛おしそうに、指で星々をなぞった。

その動作にゲミニの目が丸くなる。

「本人のいる前で、そうされると流石に照れますね。あの、本当にどうしました？」

珍しく、頬を染めながら狼狽えるゲミニに少女は目を細めた。

「今日は、いつもよりも星空が綺麗で、少し感傷的になっていただけよ」

長い髪を風に遊ばせながら少女は続ける。

「大丈夫。こんな弱音を吐くのは今日だけだから。私は成すべきことを成すわ」

「姫…」

ゲミニは最後に泣き笑いを浮かべる少女の手をそっと握った。

「安心してください。私達はずっと姫のお傍にいます」

そして、自分の手を胸に当て微笑んだ。

「たとえ肉体が朽ちようと、この身が滅びようと魂は…心は、貴女と共に」

少女の目から一粒の綺麗な涙が零れ落ちた。「…ありがとう」

瞬間、眩い光が辺りに放たれ全てを呑み込んだ。

やがて舞台の幕が開くように光が中央から消えていくと、一人の美しい男が立っていた。

「昨日は途中で消えてしまい、すまなかったね。…渚」

気が付けば渚は奏の前に立っていた。

「奏！　これはどういうことなの？　今のは何？　あの人達は一体…。

それに聞きたいことはたくさん…」

まだ心臓の鼓動が落ち着かないまま、勢いで質問の雨を降らせる渚の唇は、奏の細長い人差し指により塞がれた。

「話したいことは渚と同じで山程ある。

しかし時間が限られている」

奏のサファイアの様な青紫の瞳に渚は一瞬、魅せられた。

「渚が私を強く思えば必ず会える。

其方には力があるのだから」

「私は何の力もない。…ただの中学生だよ」

そう答える渚に奏は物悲しそうに、天を仰いだ。何かを期待していたのかもしれない。そう考えると渚は少し申し訳ない気持ちになった。

「大切な贈り物をしておく。私の代わりに届けてくれる者がいるだろう。もし、その者が現れたら素直に受け取るんだよ。

良いね？」

「奏は？　奏は現れないの？」

不安が滲む渚の声に、奏は微笑みだけを浮かべた。そして、昨晩と同じくその体は透明掛かっていく。

「言ったであろう？　渚が強く求めれば…必ず会うことができる」

そして静かに続けた。

「渚…。これからどんなことが起きても…自分の運命から…逃げては…いけないよ」

「それはどういう……」

しかしその言葉を残し、奏はもう跡形もなく消えていた。

目を開き、ゆっくりと体を起こすと、カーテンの隙間から漏れる朝の日差しが渚の顔を照らした。

そこには草原も夜空も数多の星々もない。

残っているのはリアルな感覚だけ。

「夢…じゃないんだよね」

渚は汗で滲んだ手のひらを眺めた。

(こんな不思議な事が二回もあるわけない…)

言い知れない不安と疑問に顔を曇らせ、渚は今日も日常へと向かう。


放課後、渚は三階の教室のベランダで、ぼんやりと青空に暖色の色が混ざり始めた空を眺めていた。

(今日は何も手に付かなかったな…)

グラウンドではサッカー部や野球部、テニス部などの活気のある声が響いている。

(こんなことで来年、高校生やってけるのかな)

渚は頭を抱え呻いた。

「な・ぎ・さー！」

突如、背中に強い衝撃が走る。

「うわぁぁ！　バ、バ、バカバカ！」

そのまま渚の上半身が手摺に乗った。

慌てて振り返ると満面の笑みを浮かべた隼が快哉を叫んだ。

「こんなキレイな景色を前に、何ため息ついてんのさー」

「今、落ちそうになったことにはスルーですか!?」

まだ渚の心臓はバクバクと音を立てて、暴れている。

「それより、おれ腹減っちゃった！」

「無視ですか…。それに、ここ三年生の教室なんだけど」

お構いなしに隼は渚の隣に移動し、にっこりと笑った。

「渚がそんな顔してると、みんな心配しちゃうでしょ？」

「み、みんなって？」

無邪気な子どもから、急に真剣な眼差しを向ける隼に渚は少し困惑した。

「ほらっ！　あそこ！」

隼がベランダの下をひょいっと指を差す。その方向を辿っていくと…。

「ほらぁー。目付きの悪いお姉さんに偽天使と、眉間にシワ寄せて睨んでる怖い先輩達ー！」

「こ、これー」

渚は慌てて隼の口を押さえた。

「渚！　トロトロしてると置いてくわよ！」

咲の甲高い声と「今日は渚の奢りかなー。てか…隼ちょっとおいで」洸の極上スマイルが光った。

どうやらしっかり聞こえていたようだ。

「隼、いい加減離れろ」

直の赤褐色の髪は、光に反射をして余計に燃えている。

「ほらねー」

渚は楽しげな隼に苦笑いで返し、三人に向かって手を振った。

「分かったー！　今、行くから待ってて！」

渚が走り出すと隼はもう隣にいた。

「おれも一緒に行くー」

渚は、隼の屈託ない笑顔に渋々頷いた。

喫茶店「エライア」は新しい仲間を迎えて益々、賑やかになっていた。

思いっ切り空気の読めない隼だが、海も空も快く迎えてくれた。

星座のイラストが入ったお洒落なマグカップには香ばしいココア。

その上にはちょこんとホイップクリームが浮かび、カラフルシュガーでトッピングされていた。

それを隼は、空お手製の苺のショートケーキと共に「おいしいね、おいしいね」と、幸せそうに頬張っている。

その姿に渚も思わず顔を綻ばせた。

（弟がいたらこんな感じなのかな）

「でっ！」

突然、咲の鋭く真っ黒な瞳が渚の目に飛び込み、固まった。

「ん…？　どうしたのよ？」

「咲の目は強力だからねー。直といい勝負だよ。まるでメドゥーサ…ごほっ！」

この時、その場にいた隼を除いた全員が、咲のチョップを顔面に食らった洸に思った。

（言わなければいいのに…）

「馬鹿はほっといて。でっ！　渚は何を独りで悩んでいたの？」

気を取り直して、いるのかいないのか咲は倒れている洸をムギュムギュと踏みながら、渚に単刀直入に聞いた。もう我慢の限界だと、全身で訴えている。

「いっ…べ、べつに」

今日は皆に相談しようと決意していた渚だが、いざとなるとやはり、どう考えても変な話で、言葉にする勇気が出ないでいた。と、言うよりもこの状況では話せるわけがない。

「渚…」

洸は何事もなかった様に起き上がり渚を真剣に見つめた。

「そんなに僕達には話せないことなの？

僕達は仲間、いいや家族じゃないか！

僕は、どんなことだって受け止めてみせるよ」

その寂しげな瞳に心が大きく、ぐらついたことは決して嘘ではない。…しかし、渚は彼に一言、言いたい。

「洸くん…。鼻血拭いて…」

天使と言えば洸だと周りが騒ぐ程彼の容姿は麗しく、大きな瞳に愛嬌のある垂れ目。加えて雪を欺く白い肌に薔薇色の唇。

一六〇センチもいかない小柄な体型は洸の愛らしさを倍増した。

まさに…天使。男で生まれたことが口惜しい。けれど、この場にいる誰が、鼻血出したままでかっこいいことを言った彼を天使だと思おうか。

皆の背中がぷるぷる震えている。

洸は静かに海からティッシュを受け取った。

「でっ…」

今度は咲ではない。

低く掠れ掛かった声の主は直だ。

彼だけは先程から一度も笑っていない。

ずっと眉間に八の字を作り、難しい顔をしたまま窓の外を眺めていた。

それが、やっと口を開いたのがこの絶妙なタイミングだ。

「どうなんだ?」

「いや…すごく変な話だから」

「変な話でも、それで悩んでいるなら、言っちまった方がすっきりするかもしれないだろ?」

直の言葉に一瞬で空気が変わった。

「それとも…俺達が信じられないか?」

渚は胸がズキンと痛んだ。

直達の真剣な表情にようやく意志が固まった。

「分かった…」

渚の様子に皆も黙って席に着く。

「今から話すことは本当に不思議で私も何がなんだか、全部は信じられないけど…。でも聞いてほしい」

渚は皆が頷くのを確認すると、物心付いた時から自分を呼ぶ声のこと、それが二日前に姿を現したこと、ゲミニと姫の小さな物語を順を追って話し始めた。

やがて全てを話し終えると、ぽかんと聞いていた咲達の傍に、淹れ立てのポットを持った海がやって来た。

マグカップには、ココアが、コポコポと音を奏でながら足されていく。温かい湯気と共に甘い香りが広がっていく。皆は何となく浮かび上がる湯気の様子をぼんやりと眺めていた。

「その夢なら…昨日、私も見たわ」

「ええっ！」

声が重なり皆の視線は一斉に海に寄る。

「海さんもですか？」

渚は恐る恐る訊ねると、海はゆっくり頷いた。

「勝手に聞いちゃってごめんなさい。完全に同じかは分からないんだけどね」

海は何か遠くのモノを見ているかのように目は少し虚ろだった。

「神殿みたいな所に私は立っていたの。

ああ、今、思い返せば、あの有名なギリシャ神殿に造りが似ていたわ」

ギリシャ神殿…石造りの列柱に白い神殿、教科書やテレビなどで見た一般的なイメージを、渚達もそれぞれ頭の中で形作った。

「それでね、私は誰かを探しているの。

探して、探して、草原まで来て、ようやくその子を見つけた。

彼女は星空を眺めていたわ。

そして、私はその女の子を姫と呼び、女の子も振り返って、私のことを呼んだ。…ゲミニってね」

一息吐くと、海は続けた。

「おかしなことに夢に出てきた人達の顔がみんな、ぼやけていて見えないの…。

もう少しで何か分かりそうなのに…気持ち悪いわ」

「私もです」

渚は大きく頷いた。

「でも…どうしてゲミニが自分だと分かったんですか?」

「うーん。何でだろ。その子と感覚を共有していたから、夢の中で私はそのゲミニになっていたの…かな」
海は恥ずかしそうに渚に笑いかけ、更に続けた。
「これには続きがあって。
その物語が終わった後に、声が頭に直接響いて私に忠告してきたの」
「忠告…」
渚はごくりと唾を飲み込んだ。
海の顔色も次第に悪くなり、それは声にも表れていた。
(震えている…?)
「ええ。『時は近い。思い出して…そして気を付けて。深い闇が近付いて来る。
対で成すもの片翼では飛ばず。
…決して一人にならないように』って」
その場の空気が凍るのが分かる。
余りに現実離れしているようで、どこか現実味のある言葉に背筋が寒くなり総毛立つ。
「ど、どういうこと?」
咲がやっと口を開いたが、その答えを返せる者は、この場に誰一人いなかった。
(これも奏がやったことなの?

これから何が起こると言うの…？）

嫌な予感に渚は顔を顰めた。

「ただの夢とばかりに思っていたけど、渚ちゃんも見ていたなんて…」

「でもさー」

海は辛そうに視線を落としたが、次に皆の耳に届いたのはこの場の雰囲気と似付かわない明るい声だった。

「よくいう予知夢って大概は抽象的で分かりにくい感じなんでしょー？」

声の主は、金色の瞳を揺らしている隼だ。

「親兄弟とかの近い人は同じような夢を見るって言うし。ほらー渚と海さんって、おれが今日見てる限りでも超仲いいからさ」

隼はケーキのフォークをブンブンと振って必死に続けた。

「それに対を成すものって…きっと海さん達のことかもよー。

ほら、海さんと空さんって双子だし！

神様が喧嘩しないでいつまでも仲良くしなさい！　って言っててんじゃやない？」

「ぷっ！」

少しも的を射ていないけれど、何とか場の雰囲気を和ませようとする隼の心が伝わり、渚達は顔を見合わせて笑った。

「まあ、隼の予想なんて全然信用できないけど、ここで悩んでても仕方ないしなー」

そう言っている洸の言葉に棘はなく逆に顔を綻ばせている。

「信用できないってなんだよー」

頬を膨らませ拗ねた隼の顔に、渚も海もホッと気持ちが和らいだ。

それでも渚の本能から発せられる警告音は鳴り止まない。

「海さん、もしもこれがただの夢だとしても、なるべく一人にならないで下さい。私には今回のことが全く関係ないとは思えないんです」

「大丈夫よ。私は空といつも一緒だから、心配しないで」

渚が少しでも安心するよう海は優しく微笑んだ。

(ねえ…奏。海さんに何を伝えたかったの？　本当にあなたは実在するの？)

ココアの湯気をボーッと眺めながら瞳を揺らがす渚の姿に、咲は彼女の耳の後ろに掛けている短い御下げを軽く引っ張った。

「ん？　どしたの咲ちゃん」

「…この三つ編みって意味あんの？」

もちろん咲は、そんなことが聞きたかったのではない。

こんなことで驚く渚でないことは知っていたが、呑気に返された咲は励ますタイミングを失ったのだ。

「うーん意味は…ないかなー」

無邪気に笑った渚の額を咲は指で弾いた。強烈なでこぴんだ。

「おうぉぉー！」

色気の欠片もない奇声を耳に咲は当初の目的を忘れ、ご満悦。

「うわぁー。ありゃ悪魔の笑いだな…。

いや、鬼だね、お・に」

そして、それが洸の最後の言葉だったのは言うまでもない。


いつも真っ先に首を突っ込んでくる空が、今日は静かにカウンター越しに皆の様子を見ていた。

忙しそうに仕事をする振りをしながら渚と海の話を盗み聞きし、青ざめている。

実は空も昨晩、渚達とは少し違うが夢を見ていた。

夢の中の主は地の下を這っているかの如く不気味な声で空に耳打ちをした。

『お前はもうすぐ大切なものを失う。

新たな影が忍び寄ってくる。闇の使者はお前の近くにいる人間だ。助けたいのなら誰も信じるな、愛情も友情も全てはまやかしだ』

「どういうことだ！　何故そんなことを言うんだよ！」

『……いずれ分かる。私の言うことが聞けないのなら、お前は想像を絶する苦しみを受けるだろう』

「待てよ！　詳しく教えてくれよ！」

声の主は密やかに笑いながら闇へと消えていった。

（―大切なもの…。姉さん？　渚ちゃん達？　誰のことだ…。）

両親を交通事故で失い、幼い姉弟は、親戚中を盥回《たらい》しにされながらも、両親の残した喫茶店を守り、絶望の淵から海と支え合いながら生きてきた。

世の中も親戚も友人でさえ海以外、信じられない。

そんな空の心を少しずつ変えたのは同じ様な境涯でありながら、いつも明るく前向きに他人を思い遣って生きている渚達の存在だった。

大切な者を失うことも疑うことも空にとって恐怖。

「僕は、もう誰も失いたくないんだ」

キャラメル色の瞳は熱を帯び、握った手の隙間からじわりと汗が滲む。

（あれが本当なら……裏切り者は誰だ！）

「今日も賑やかだったねー」

洸がにこにこしながら暗くなりかけている頭上を見上げた。

四人は今日の出来事を振り返りながら、空き地を通り、のんびりと家路についていた。

春の穏やかな夕暮れが渚達のシルエットを優しく映し出し、一日の終わりを惜しむかの様に夕日が静かに橙色の雲海に飲み込まれていくと、雲の切れ間からは、幾筋もの光の矢が下界に向けて差し込んだ。

少しずつ明かりが広がっていく家々が宝石の様に輝きだすと渚の頬には、つーっと熱いものが伝った。

（え…なんで涙が…）

慌てて涙を拭い、皆に照れ笑いを返そうとした渚はハッと言葉を失った。

渚を笑う者など誰もいない。

何故なら皆の瞳も美しい夕日に照らされた涙で輝いていたからだ。

「なんか……懐かしい」

咲がぽつりと呟いた。

「うん…」

渚は静かに同意した。

「遠い記憶…なのかもな」

直の少し恥ずかしい台詞も気にならない程、この荘厳な景色はいつまでも渚達の心を摑んで離さなかった。

「この景色、隼くんにも見せてあげたかったね」

渚はほんの少し前に別れた、隼のことを思い出し、伏し目がちに微笑んだ。

「渚!!」

しかし、それも数秒のこと。直の叫びが渚の穏やかな世界を破壊した。

「えっ?」

反射的に答えた渚の目の前に、カッと目を見開いたまま凍りついて天空を見上げた三人の姿があった。

「なにを…」

もう一度、顔を上げようとしたその瞬間、直は渚を思いっ切り突き飛ばした。

「逃げろ!」

勢いよく体が傾き、飛ばされる刹那、僅かに目に映った影。

真っ赤な夕日の中、それは影絵の様に抜け出してきた。—と、渚の目の端に銀の光が通り過ぎた。

聴覚が受け取った情報は三つの音。

風を切る音、打ち付ける音、そして…、

「うっ！」

自らの体が地面に擦れていく音。

歩道の端まで飛ばされた渚は、痛む肩を押さえながら必死に起き上がろうとしていた。

膝の皮膚は破け、赤い鮮血が流れると、白いハイソックスを染めた。

頬にも血が滲んでいる。

「みんな！」

視界が映し出す光景に渚は愕然とした。

自分の目すら疑った。

目の先には、無数の矢によって街路樹に張り付けにされている――直。

咲と洸も折り重なって矢に射貫かれていた。

絶望的なその光景に全身から血の気が引いていく。脚が手が震えて思うように動いてくれない。

「な、直くん…咲ちゃん！　洸くん!!」

半狂乱に叫び続けたが誰も応答がない。

「くっ…」

噛み締めた唇から血が滲んだ。

その時、紅の空から影はふわりと舞い降りた。そして、徐に短弓から背中に背負っていた長弓に持ち変えると、そのまま矢を番え、動かない直に向け、弓を引き絞った。

「やめ…」

「渚に…何てこと…するの？」

影は一言呟いた。

「はあああー!?」

項垂れた直の頭が弾かれたように跳ね上がり、真っ赤な顔をして叫んだ。

「お前、何言って…」

「直くん！」

渚は歓喜の声を上げた。

「うわあっ！　洸、離れなさいよ！」

「い、いててて っ！　咲、暴れないで…」

洸は咲の体に覆い被さり、庇っていたことが分かる。

射貫かれた様に見えた矢は全て紙一重で躱されていたのだ。

「無事だったんだね！」

すると黒服の男は涙ぐむ渚の方に振り返った。

「大丈夫…。外さないよ」

「てめえ！　何を…」

怒鳴る直の言葉を無視して、影はスタスタと渚に近寄った。

「渚に近付くな！」

怒りが頂点に達した直の叫びと共に突如、強風が唸りを上げげた。

木々が軋み、葉は上空に舞い上がる。

「落ち着け！　直！」

洸の声も耳には届かない。

旋風は渚の眼前にいる人物が被っている黒いフードをも吹き上げた。

「あっ…」

突如現れた、その素顔に渚は息をするのも忘れる程の衝撃を受けた。

夕焼けの光の中で白銀に輝き靡く髪。

紅の空よりもっと濃い赤いルビーの瞳。

透き通る様な肌に美しい口元。

その神々しいまでの輝きに先程までの恐怖が洗い流されていく様だった、が…、

「無事…？　ひどい奴…だね」

「えっ？」

どうやら中身は相当、間の抜けた人物なのだということも同時に察知した。

細長い指先が渚の頬に触れようと、そっと近付いたその時…渚の体が大きく後ろに引っ張られた。

「うっ…」

蹌踉《よろ》ける渚の目に、その伸ばした手を掴み上げる者がいた。

「お前ー！　おれの渚に何してるんだ！」

怒号と共に全身に激しい怒りを纏った忠犬が間に立ち塞がっていた。

「は、隼くん…？」

予想外の人物に渚は目を瞬かせた。

「だ、誰がおれの渚だ！　てめえはめんどくせーから黙ってろ！」

遠くで何やら直の怒声が聞こえるが、二人は一切耳に入れていない様子である。

男達の激しい火花が散る。

渚にはもう何が何だか分からない。

「な、何なの…あなた達」

「ええー！　おれもですか!?」

すぐに忠犬は威嚇をやめた。

「おれは、渚の叫び声が聞こえたから、助けに来たんじゃん！」

自分も怪しまれていることを知った隼は、心外だとばかりに慌てて弁解する。

「言ったじゃん！　今度はおれが守るってさぁー」

隼は頬をプウッと膨らませた。

「ごめん、ごめんって」

渚は手を合わせて謝った。

「この手…。離して…」

銀髪の青年は、特に驚いた様子もなく、表情一つ変えずポソッと呟いた。

「あっ？　……あぁ！」

やっと気付いた隼はすぐさま、彼の手を振り払うと渚は身を乗り出して声を上げた。

「みんなに何てことするの!?

もし一本でも当たってたら…」

すると青年は渚の唇にスッと指を立て、そこで初めて表情を変えた。

その一連の流れが、何となく奏のようだと渚は感じた。

「さっきも言った…でしょ？　…外さないよ」

それは微かだが自信に満ち溢れた笑み。

「なっ！」

渚が唇を動かすと人差し指から手のひらに変わり「しっ…」と言葉を遮った。

「頼まれた…から…渡しに来た…だけ」

「頼まれたって誰に？」

渚の代わりに隼が答えると、銀髪の青年の微かな笑みが消えた。

そして、表情には出ていないが、少し不服そうに小さく唇を動かした。

「……奏に」

少し落ち着きを取り戻した渚だったが、その名を聞いた途端に緊張が走った。

「お前、名前は？」

隼は努めて冷静に前に出る。

「……椿」

そう言うと、唇を塞いでいた手を下ろし、渚の前にもう片方の手をそっと差し出した。

「手…出して」

「う、うん」

渚は言われた通りゆっくりと手を出すと、手のひらに半球体がコロンと転がった。

「あっ！」

透き通る蒼の塊に緑の模様が浮かび上がったこの半球体に、渚は心当たりがあった。

「これ…私のお守り…。ど、どうして？」

渚がひなたハウスに来た直前、勉強机の上に同じ半球体の塊が置かれていた。以来それは御守りとして肌身離さず持ち歩いていた。

「違うよ…。よく、見て。それは二つで一つの形を…成すもの。奏が…言っていた」

渚は急いでブレザーのポケットの中にある御守り袋を取り出した。

「あった…」

袋から出した半球体は確かに渡された物と微妙に違っていた。

二つの半球体の断面を合わせるとカチッと綺麗な音が響き、それは寸分の狂いもなく嚙み合い完璧な球体となった。

「あれ？　取れない」

どういう仕組みなのか、接着剤でも付けたように、球体は一つの形を保ったまま、分離することができない。

渚は不思議そうにその球体を翳した。

「わあー。渚、これ、地球だよ！」

隼は瞳を輝かせた。

海洋を想起させる透明なマリンブルーに翡翠の大陸が光を吸収し、本来の姿が顔を出す。

「この周りに散りばめられているのって星みたいだね…きれい」

「名は…千歳玉《ちとせだま》」

椿は球体に向かって指を差した。

「え、名があるの？」

「うん。奏が」

椿は簡潔に答えた。

「これは…君の命と同じに…大切。

絶対に…なくさない…こと。

そして…渚も、絶対…死なない…こと」

「私の命…」

言葉を選んでか、ただ話すことが苦手なのか分からないが、たどたどしく話す椿の言葉には重みがあり、渚は思わず身震いをした。

「それから、闇が…近付いて…いる。

星々の声を…聞け。だって…」

「星々の声？　どういう意味なの？」

渚の質問に椿は首を傾げた。

「よく…分からない…けど…。奏を…信じてあげて」

「ちょっ！　信じろって、これだけじゃ分かんないだろ！」

隼が怒鳴るが、椿は気にした素振りの欠片も見せず無表情に背を向けると、

「じゃっ…伝えたから」一言呟き、去ろうとした。どうやら本当にお使いに来ただけのようだ。

「あの…椿くん！　……ありがとう」

渚が咄嗟に礼を言うと椿は振り返り一瞬、渚だけにまた分かりづらい微笑みを見せた。

「怪我…ちゃんと…治して」

そして続けざまに隼の口元を指差すと赤い瞳を光らす。

「口は…災いの元…だよ」

ふっと皮肉な笑みを浮かべると、次の瞬間には木に飛び乗り消えていた。

「何だよ、あいつ！　ちゃっちゃっと、しゃべろよ！　…なぁーみんなー」

隼が街路樹に目を向けると鬼の形相をした直と変な体勢で、こんがらがっている咲と洸がいた。

「げげっ！」

その迫力に隼は思わず後退りをした。

「ずっと私達のこと忘れてたでしょ！」

頬を赤くした咲は照れ隠しに口を尖らしたが洸には、しっかりとばれていた。

「ご、ごめんね！」

慌てて矢を取る渚達に今回、一番の役得だった洸だけは、ご満悦な様子。

「ずっと手上げっぱなしだったから痺れてる」

「僕も首ガチガチー」

咲と洸は肩や首などを回した。

「直くん、どこか痛いの？」

項垂れて木の幹に寄り掛かったままの直に、渚は心配そうに声を掛けると…。

「ちがうよー渚。体が痛いんじゃなくて隼に、おいしいところを持ってかれて心が痛いんだ…ぐふっ！」

余計なことを言った洸に咲の蹴りが入った。

隼は何食わぬ顔で知らん振りをしている。

「渚、ごめんな。却って怪我させちまったな」

直は痛々しい渚の姿に申し訳なさそうに呻いた。

「全然平気だよ。それより助けてくれてありがとう」

「結果的に何もできてないけどな…」

「まあまあ。それより、渚の手当てをしなきゃ。そして、僕の分も」

脇腹を押さえ、大きなジェスチャーで痛みを訴える洸を無視して、咲はスクールカバンを漁った。

「うーん。絆創膏はあるけど、この大きさじゃ足りない。消毒液もないし」

隼も傷口を見て、「うわぁ」と、声を上げた。

「渚、痛いよね？　歩ける？

今から、エライアに戻る？」

「いや、本当、大丈夫よ？」

皆が渚の怪我の話題に触れる度に、直がどんどん小さくなっていくのが、渚には分かった。

いた堪れない気持ちで一杯になった時、後方からクラクション音がリズミカルに響いた。

「おーい！」

呑気な声に皆が振り返ると、路肩に白いワンボックスカーが停車している。

ドアウィンドウが完全に下がると、声の主もひょっこりと顔を出した。

「あれ？　たかちゃん？」

渚達がやっと彼の存在に気が付くと男は大きく手を振った。

「なんだなんだー、やっぱりお前達か！」

「だれー？」

隼は、渚に耳打ちをした。

「近所のお兄さんだよ。村山鷹《むらやまたか》って名前で、私達は、たかちゃんって呼んでるの」

自称、職のエキスパートであり、神出鬼没のフリーターである村山鷹は、渚達の中では、会う度に職を変えている謎の人物として扱われている。

ガッチリとした巨躯に、がっつりと上げた前髪。それでも、厳つさや近寄り難さを感じさせないのは、ミスマッチな緩い三枚目の性格のお陰だろうか。

「えー、いつぶりだぁ？　新顔もいるじゃん」

「神崎隼でーす」

緩い声に緩い声が返ってきた。

「そうかー、そうかー、隼かー」

鷹は愛車から降りると、いそいそと渚達に近付いてきた。

「あらー！　渚ちゃん、お前、それどしたの」

鷹は驚いたように、しゃがみ込んだ。

「特に、膝なんてひどいじゃん」

「いやー、ちょっとそこで転んじゃって」

渚の嘘に直の顔が一層と険しくなる。

「派手にやったもんだー。このお転婆さん」

「あはは」と、苦笑いを返すも、充満する負のオーラに傷の痛みよりも心が痛い渚だった。

「んじゃ、みんな、車に乗りなー」

鷹は「よいしょ」と、掛け声を上げて、立ち上がると、親指で自分の愛車を指した。

「え？」

声が重なる。

「え？　だって、オイラ、何も持ってないし、取り敢えず、送ってくぞー。ひなたハウスでいいだろう？」

そう言うと鷹は有無も言わさずに、人数を数え始めた。

「五人かー。乗れるな。ちょっと片づけてくるわー」

「あ、じゃあ、ちょっと待って！

送ってくれるなら別の場所でもいい？」

大きなキーホルダーが付いた鍵のチェーンを指でくるくる回しながら、車に一度戻ろうとする鷹を咲が引き留めた。

「どこでもいいよー、市内なら」

相変わらずの緩さだが、今回はそれに救われた。隼は「手伝いまーす」と言って鷹の後を追い、直も洸に連れられて、それに続いた。

「ねえ、咲ちゃん、別の場所って？」

隼との会話に引きずられ、渚は反射的に、咲に耳打ちをしていた。

「海さん達の所だよ。

ここからなら、あそこが一番近いし、それにさっきのことも報告ができる」

渚の謎の行動を尻目に咲は普通に答えた。

「あっ、そうだね。一回戻ろうか」

少し恥ずかしそうに渚も頷く。

「それじゃあ、伝えてくるから、あんたはそこで大人しくしてるのよ」

「はーい」

駆け出す咲を見送ってから、渚は、まだ手に握り締めていた球体…千歳玉を眺めた。

（椿くんか…。不思議な人…また逢う日が来るのかな。奏にもいつか…。）

少しずつ足音が聞こえてくる。

渚は言い知れない胸騒ぎに黄昏の月を仰いだ。

スタッと木から木へと身軽に飛び移ってきた椿は、くるりと身を翻して静かに着地した。

息を潜め、辺りに人気がないことを確かめると、古びた裏木戸を開けてスルリと中へ入り込んだ。

「あの人達…面白かった…な」

ほっと安堵の息を吐いた。しかし、それは束の間だった。

突如、椿の肩に電撃が走った。

ギョッとしたまま体は固まり一気に表情はなくなる。

後ろを振り向かずとも、その異様な圧力で、椿には背後にいる者の正体が分かっていた。

「許可なく屋敷から出てはならないということは知っているな？」

地から唸る様な低い声。

椿はそれでも躊躇なく振り返ると、そこには無造作に伸びた髪の隙間から濁った紫紺色の二つの目が妖艶に光を放ち、椿を睨み据える坂本綜の姿があった。

灰色の和服の隙間から鍛え抜かれた、筋肉の一部が覗き、死人のように青白い肌が闇夜によく映える。

端正な身のこなしは武道を極める上で身に付けたものだろうか。

「規律を守らない者の処分もお前が一番分かっているな？」

綜の言葉に椿は何の反応も見せない。

その様子に今度はわざと優しげな微笑みを口元に宿し、綜は続けた。

「しかし、お前の忠誠心は私が一番よく知っているつもりだよ。きちんと事情を説明してくれるのであれば今回のことには目を瞑ろう。さあ、誰の用事で何処へ行き何をしていたのか言いなさい…椿」

一見、物静かな綜の声色の裏には恐ろしい決意が潜んでいることを椿は十分、理解していた。

それでも首を横に振り、唇を一文字に結んだまま、じっと綜を見つめる椿。

椿には綜に対する恐怖よりも、大切に守らなければならない約束があった。

奏に頼まれたことは命よりも大事なこと。

誰にも言わないと自分の心に誓っていた。

やがて、そんな椿の覚悟を感じ取った綜の瞳には憎悪の影が戻る。

「そうか。では処分を受けてもらう。

…お前達！」

綜の合図に椿は一瞬で兄弟子達に囲まれた。

「手加減など無用だ。ここの規律を教えてやれ」

バラバラッと影が散る。

椿はゆっくりと息を吸い込み、そして瞳を閉じた。

静かに息を吐きながら――目を開く。

カッと前を見据え、右手は素早く背中にある弓矢を取り、地を蹴った。

赤い瞳は爛々と燃え、肉食動物の様に獲物を狙う。

「……来い」

椿の言葉と同時に兄弟子達は一斉に飛び出した。

その刹那、椿の姿が皆の視界から消える。

薄暗くなった一天に半透明な月が架かっている。

その月から溶け出す様に椿の姿が浮かび上がると、無数の矢が銀色に光り、降り注いだ。

月光に反射し輝く矢は確実に獲物を仕留めていく。

「くっ…うう…」

木の幹に打ち付けられた兄弟子達は成す術もなく項垂れた。

「容赦なしか…」

「…外さないよ」

椿のその自信に溢れた言い草に綜の眉はぴくりと動く。

「百発百中か…我が弟子ながら見事。

……だが甘い」

「殺す覚悟で射れと、いつも言っているだろ。その甘さがお前の命取りだ。…行け」

綜の声に闇の中から閃光が走った。

紙一重で避け、身を翻して着地した椿の黒服は前身頃がバッサリと切れている。

同時に背負っていた矢筒の帯が切れ、矢は四方に飛び散り丸腰になった狩人。

振り向こうとする椿の喉元に鋭い刃がカチャリと突き付けられる。

「またやりましたね。お馬鹿椿」

防護マスクの下から冷ややかな声が囁いた。

「……琳」

「黙って」

清流の様な瞳と長い髪が月に照らされて輝く。

琳の目付きは厳しいまま前方にいる綜に視線を移すが、椿は刀を振り払おうと体を捩った。

「抵抗しないで下さい。傷つけたくない」

押さえ付ける琳の腕に力が入る。

「琳……」

「黙って！」

「ボク…この服、気に入って…たのに」

瞬間、椿の鳩尾に刀の峰が綺麗に入った。

「本当に貴方は仕様のない人です」

琳はぐったりと崩れ落ちた椿の体を担ぎ、綜の前に跪いた。

「牢に放り込んでおけ」

「はい」

綜が去るのを確認すると琳はホッと息を吐き出した。


その頃、鷹に送ってもらった渚達は、エライアで今日の出来事を海に話していた。

「これで奏と言う人が実在するってことは証明されちゃったのね」

「おまけにこんな怪我までして…」

海はため息交じりに、救急箱の中身を漁っている。

「もう何がなんだか…。奏は私に何を伝えたいのか分からない…イタッ！」

消毒液が傷口によく沁みる。

涙目になる渚の瞳にいつにも増して険しい顔をしている直が映った。

「大丈夫だよ」

渚がへらっと笑顔で答えると直は小さく頷いた。

「でもまあ、その千歳玉だっけ？

これが今、渚の手元にあることは事実だから、ただの夢でも誰かの悪戯でもないってことは認めないとね」

咲は用意してもらったへーゼルナッツココアを飲みながら渚をチラッと見た。

「うん、それは分かってる…。

分かっているんだけどね」

渚は次の言葉が見つからないのか、ごもごもと口籠もる。

「あのさー。とにかく渚が強く思ったり、信じないと奏って人は姿を見せないんでしょ？　会わなきゃどうしようもないわけじゃん？」

隼がストローを口先でブンブン振りながら無邪気に聞くと、渚は「うん…」と、一言返した。

「んーだったらー。取り敢えず信じまーすって言ってみたら？」

あまりのあっけらかんとした隼の答えに皆は目を見合わせ、重ねてドッと笑い声が響いた。

「案外、隼の言う通りかも！

やってみるしかないかもね」

笑いながら洸は珍しく賛同した。

「そ、そうだよね…」

「信じてみなよ。私達の事を信じていれば何も怖くないでしょ？」

咲のその言葉がじわりと渚の心を熱くさせる。

（そうだ…私にはこの仲間がいる。

みんながいる限りきっと大丈夫…）

渚は一歩前に進む決意を固め、頷いた。

「でも、本当に夢の通りなら、海さんの夢に出てきた、対で成すもの片翼では飛ばずって、この千歳玉を指してるかもしれないよね」

咲は、木製のカフェテーブルの上に、お供え物のように置かれている千歳玉を眺めた。

「椿くんも、『二つで一つの形を成すもの』って言ってたしね」

渚もそれには同意したが、そうなると引っ掛かるものがある。

「うーん、でも、それじゃあ、あの忠告は何なんだろう」

「難しいことは分からないけど、悪いことが起こるから気を付けろって言ってるんでしょ？」

隼も腕を組み、頭を傾げた。

「そうね…。私もあれこれ考えちゃって…でも、後は渚ちゃんの夢に頼るしかなさそうね」

海はそう返すと、「はい、おしまい」と、救急箱をパタンと閉じた。

「これからはお互い用心して小さなことでも報告し合いましょうね」

「それと、怪我には十分に気を付けること」

海は髪を耳に掛け、一言付け加えた。

「はい！　ありがとうございました」

渚は千歳玉を大切に御守り袋の中に入れ、ブレザーのポケットに戻した。

皆もぞろぞろと立ち上がり、「今度こそ帰りまーす」「ごちそうさまでしたー」と、
口々に海に感謝の言葉を伝えた。

「ええ。気を付けて帰ってね。えーと空は」

海は一回キッチンの方に目を向けた。

「ごめんなさい、今いないから、私から後で伝えておくわね」

「おねがいしまーす」

ステンドグラスの扉が開かれ、カランカランとベルが鳴る。

「またね」と、笑顔で答えようとしたその時、海の心臓が早鐘のように鳴り響いた。

（なんだろう…心臓がうるさい…）

渚達の後ろ姿に言い知れない不安が過る。

「あっ…渚ちゃ…」

しかし、手を伸ばした先は無情にも閉ざされ、海は行き場の失った手をそっと握りしめた。（どうか、彼女達に何事もありませんように）と、願いを込めて。

一方、この話を隠れて静かに聞いていた空はガクガクと震え、カウンターの下に蹲っていた。

「お前はもうすぐで大切な者を失う。新たな影が忍び寄ってくる。闇の使者はお前の近くにいる人間だ」

（帰ってきた渚ちゃん、怪我していた…。夢が現実になるなら本当にあれは…。どうしよう…僕がみんなを守らないと。誰だ？　近付く新たな影とは一体誰なんだ！

奏か、椿か、もしかしたら…隼？　急に親しくなり過ぎるのもおかしい。

—ああ！　頭がおかしくなりそうだ）

猜疑心に満ち溢れた空の瞳には、最早甘く優しい輝きは失われつつあった。

—ポチャン…。

天井から一滴。暗く冷たい水音を立てて、コンクリート剝き出しの独房の床を打ち付けた。

その微かな響きを耳にして椿はそっと目を覚ました。

「うっ…」

上半身をそっと起こすと僅かに鈍い痛みが残っている。

「…起きましたか」

瑠璃色の瞳が心配そうに椿を見つめている。

「大丈夫…だよ」

その瞳の奥を見透かすように椿もまたじっと見つめ返した。

「と、当然です！　あの程度で駄目になる、貴方ではないでしょ」

琳は無理に強気な態度を取るとそのまま、ふいっと顔を背けた。

「ありがと…」

「ばっ！　な、何言ってるんですか」

予想外な椿の言葉に琳は振り向いた。

琳の頬は、自分がしてしまった仕打ちの本心を理解してくれたことに、嬉しさが隠しきれていない様子で、赤らんでいる。

「そんな、とんちんかんなことばかり言っているから、三日に一度はこんな所に突っ込まれるのですよ！」

照れた表情を隠す様に琳は後方に視線を移した。

そこには、この薄暗い地下牢と外界を繋ぐ小さな小窓が開いていて、僅かな月明かりがスポットライトの様に無機質な床を照らしている。

「今夜は星が綺麗ですよ」

天を覗き見る琳の眼差しと、瞳と同じ色を宿した長い髪は星屑を受けた様に煌めき、吹き込むそよ風に静かに揺れていた。

「天の川…みたい…だね」

「えっ…」

「昔から…伸ばしてる…よね」

「ああ。私の髪がですか?」

琳は自分の髪を手に取り、ちらりと見ると興味がないとばかりにサッと振り払い、ふう…っとため息をついた。

「あなたは昔のことなど覚えてないのでしょうね…」

少し寂しげな瞳で苦笑いを浮かべ、暗い天井を見上げた。

(天の川…最初にそう言ったのは私の方でしたよ…)

—七年前、二人が十歳の頃、綜の元で椿は弓術を琳は剣術を教わっていた。

全ての過程をそつなくこなす琳に比べ、椿は不器用で頑固な性格が災いしてことあるごとに綜とぶつかった。

その中でも特に練習で〈小動物を射る〉ということに、激しい拒絶感と嫌悪感を露わにし、絶対に従うことはならなかった。

そのため、度々、激しい叱責をその身に受けなければならなかった。

「椿！　お前だけ何故、私の言うことが聞けない!?

ここでは私が絶対だ。聞けないのなら聞ける様にしてやるまでだ！」

綜の合図で椿は忽ち門下生に囲まれ、稽古という名のリンチが始まる。

殴られ蹴られぼろ雑巾のようになっても手出しはできない。

しかし、血の滲む唇をギュッと噛み締め、銀髪の隙間から赤い瞳を爛々と燃え上がらせて睨み付ける様は、鬼神の如き迫力で綜をも怯ませた。

「ちっ…食えない奴め」

そしてその後、決まって椿は地下牢に何日も閉じ込められ、食事も満足に与えられなかった。

「椿、いい加減そろそろ師匠の言うことを聞かないと本当に命が危ないですよ」

琳は小言を言いながらもその度に綜の目を盗み地下牢に忍び込んできた。

「もう良いじゃないですか。振りだけでもできるでしょ？　馬鹿正直なのも大概にしないと…」

「…無理」

「はっ？」

「だから…無理」

「な、なに言って…貴方ね！」

的を射ない椿の返答に琳は苛々と口端を引き攣らせる。

「それより…琳こそ…大丈夫？」

「はっ？　何がです？」

「また…持ってきて…くれたん…でしょ？　いつも…ありがと…琳…」

椿が差し出した手のひらを見て琳は一瞬、言葉を詰まらした。

琳の後ろに回した手の中には台所からこっそりくすねた、おにぎりが二つ握られていた。

「いけないいんだ…」

イタズラっぽく笑う瞳には、もう先程の椿はいない。

「そ、そんな口を利くと、もう絶対に持ってきてあげませんからね！」

照れながらぷいっとそっぽを向いて琳は無造作におにぎりを椿に突き付けた。

椿はクスリと微笑むと美味しそうにおにぎりを頬張った。

鉄格子を挟んで二人は並んで座り、小窓から見える月を眺めながらおにぎりを食べる。

　それがいつしか二人の幼い頃の思い出となっていった。

「それにしても…。やっぱり椿、このままでは駄目でしょ」

「………」

「このままでは身が持ちませんよ」

　琳は真剣に訴えた。

「方法ならあるさ」

　突然、地下牢に響き渡る声に二人はハッと顔を見合わせた。

「あ……」

「あ、あなたは！」

　琳はサッと表情を強張らせる。

　暗い地下牢に一筋の光が差す様に彼は現れた。

「…奏…」

　琳とは逆に椿の顔はパッと明るくなり、珍しく嬉しそうな声を立てた。が、その様子が琳には気に食わなかった。

「今頃何をしに来たのですか？　元はと言えばあなたが…」

奏は人差し指を立てると憤慨する琳の唇に押し当てた。

「静かに…綜に見つかってしまうよ」

そっと呟き、微笑んだ。

「くっ…」

そんな奏の余裕な態度に琳の苛々は尚更増す一方だ。

「良い方法とは何ですか？　あなたが今まで椿に教えてきたことで、ためになったことなんて一度もないじゃないですか！」

琳は、指を振り払い、憎々しく一気に捲し立てた。

「琳…。少し…黙って」

「つ、椿！」

予想外な椿の言葉に琳は言葉を呑み込んだ。

「奏…その方法…何？　…教えて」

奏は少し寂し気な顔をした琳の方をちらりと見ると、優しく頭を撫でたが、琳はすぐさまその手を、うざったそうに払い除けた。

奏は苦笑いを浮かべながら椿に視線を変えて今度は真面目に少し低い声で囁いた。

「椿、殺したくないなら…早く弓の達人におなり。中途半端では駄目だよ」

奏の言葉に椿の赤い瞳は揺らいだ。

「どういう…こと？」

「生き物の急所もしっかり頭に入れるんだ。百発百中の腕があるなら何処だって正確に狙えるだろ？　知識があれば逆に命も救えるんだよ」

「〈狩り〉と言っても殺す必要はないんだよ、要は動きを止めることができれば良いんだ」

奏はフッと表情を緩ませると続けた。

「『絶対に殺さない』技が椿を生かすことになるだろう」

琳は珍しく口を挟まずに無言で奏の話を聞いていた。

椿の瞳にも希望に似た光が宿った。

奏はそれを確認すると満足そうに頷き、「では私は、もう行くよ」と、くるりと背を向けた。

そして付け足す様にもう一度振り向くと、人差し指で口元をつんつんと差し片目を瞑った。

「琳も程々にね…ばれてるよ」

「っ…」

琳は慌てて自分の顔を両手で覆い、隣を振り返った。

「あっ！」

椿の口元には言い逃れのできない証拠が点々と付いていた。

「……ん？」

無邪気な椿の顔にガックリと項垂れながら琳は呟いた。

「嫌な奴らですね…」

そんな言葉を背中で受け取りながら、奏は小さな笑い声を残し、地下牢を出て行った。

奏が去った後、二人には長い長い沈黙が流れた。

「琳、ボク…強くなる」

先に沈黙を破ったのは椿だった。

いつになく凛々しい瞳で琳をじっと見つめると、まるで自分に宣誓するかのように続けた。

「弓で誰か…守れる…ように。大切な…人、殺さずに…済む…ように」

琳はやれやれとため息をつくと、
そのまま椿に近付き鉄格子の隙間から彼の髪を撫でた。

「悔しいですが奏の言うこともありなのかもしれません。少なくとも今の椿のままでいる為には」

「…うん」

子猫の様に撫でられている椿の髪はサラッと指の間を擦り抜けた。

「椿の髪は綺麗ですね。きらきら光って…天の川みたいです」

琳はもう二度とこの髪を血で染めたくないと思った。

その日から椿の腕前は見違えるほど上達し、放つ矢は意志を持っているかの様だった。

ただ一つの誤算は相も変わらず綜の怒りを買っているということだろうか…。


「……琳…」

「ん？　…何ですか？」

琳は優しい眼差しで椿に振り向いた。

「腹…減ったね」

「はあああ!?　貴方って人は！」

懐かしい思い出に浸っていたのをぶち壊され、琳は持っていたおにぎりを思いっ切り椿の口に捻り込んだ。

「全く……」


その夜も夢を見た。

「渚……渚……」

深い闇の奥から反響する。

声は徐々に大きく響き、次第に辺りは眩い光に照らされた。

けれど少女はもう恐れない。

待っていたとばかりに光の方向に足を進め、ゆっくりと手を伸ばす。

すると光の中から渚の手をしっかりと握り、引き上げる者がいた。

「奏…奏でしょ？」

渚は声を上げ光の中へと入っていった。

景色はいつも同じだ。

夜空に浮かぶ満天の星空と遥か遠くまで続く大草原。

そこに彼は立ち尽くし夜空を寂しげに眺めている―はずが…

今、渚は希望に溢れたサファイア色の瞳を輝かせている奏の腕の中にいた。

「渚、心は決まったかい？　今日、椿から千歳玉を受け取っただろう？」

渚は頷きポケットから完璧な球体を取り出した。

「これ、これよね？」

奏に掲げたその瞬間、千歳玉は蒼光を放ち二人の間に浮かび上がった。

「そう。これは大切に持っていなさい。

いずれ必ず役に立つ時が来る」

そう言うと千歳玉を渚の手の中にしっかりと握らせ、そして、手を差し出した。

「さあ、渚。私の言葉は嘘偽りではなかっただろう？　そして、私が実在する証拠もある」

優しい微笑みを宿し、渚が頷くのを確認すると奏は続けた。

「私は其方の味方だ。信じてくれるかい？

強く想ってくれるかい？」

渚は重ねて頷いた。

「ならば、今こそ私を渚の言魂で解き放ってほしい」

「こ、言魂？」

聞きなれない言葉に渚は思わず、怪訝そうな顔で聞き返した。

「そうだ。其方には力がある」

「渚の想いの強さと、放つ言葉に私の封印は解け、真の姿を現すことができるんだよ」

奏の熱っぽい声と瞳に渚は後退った。

「し、真実の姿って何？　封印って…

言魂って！　奏、あなたは一体…」

「渚！　落ち着け。俺の声が聞こえるか？」

取り乱す渚の耳には直の力強い声が響いた。それに続くように…

「しっかりすんのよ！　びびってるんじゃないわよ！」

「渚、僕達を信じて。傍にいるよ」

咲と洸の声も続いていく。

「あっ！」

気が付けば星空も草原も消滅し、まるで上映を終えたかのように渚は一人残された。

何も見えない。聞こえない。感じない。

（—怖い！）そう思ってしまったら、最後だった。直達の声も途絶え、渚は恐怖に身を震え上がらせた。

「怖く…ないよ。歩みを…止めないで」

澱みのない、清らかな声に、背中を押された気がした。変化を求めたのは自分自身。手を伸ばしたあの時から、きっともう後戻りなんてできなくなっていた。

渚は、海達との約束、きっと今も呼び掛けてくれている咲達の顔を思い浮かべた。

（落ち着け…落ち着け…）

大きく深呼吸を一回。

（そうだ。約束したんだ。頑張るって、信じるって…一人じゃないから）

瞳にはもう一度、決意の色が燃えた。

「もう一度聞くよ。渚、君は私を信じるかい？」

待っていたとばかりに、闇の中から静かな奏の声が響いた。その時、渚は気付いた。

（奏はずっと待っていた。沈黙したのは、私が拒絶をしていたから…）

（ああ──。だから、ずっとここに…）

渚はまだ震える手を伸ばした。

（まずは心から信じてみよう）

未知の世界への道はもう示されている。

後は、少しの勇気と、信じる心。渚はそう確信した。

「うん。信じるよ。あなたの名は奏…確かに実在するもの！」

渚は心のままに言葉を紡いだ。

瞬間、握っていた千歳玉から、一筋の閃光が走った。最初に掴んだ希望の光はもうこの手の中にあったのかもしれない。

一瞬にして闇は光に蹴散らされ、渚は目を閉じた。

常闇と相反するような、真っ白な空間だけが広がった世界に渚は立ち尽くしていた。

瞳が映した世界には、全身に光を浴びた奏の横顔があった。彼は、自身の両手を眺め、時折、指を動かしている。

歓喜の色を灯す、その横顔に渚の目頭がギュッと熱くなった。

奏とは初対面ではない筈なのに『やっと会えた』そんな気持ちで一杯になる。

まるで、役者がスクリーン上から、抜け出てきたみたいに、その存在がはっきりと感じ取れる。

「渚！」

振り向く奏は、これまで見たことのない、嬉しそうな表情で、足早に近づくと、そのまま渚の手を引き、抱きしめた。

「えっ！」

渚は驚いた。奏の身体から体温を感じる。ついさっき抱きしめられた時のスクリーン越しのような、違和感は消え、代わりに奏の心音と肌の感触が伝わってきて、どぎまぎする。思い起こせば、男性とここまで密着するのは初めての経験だ。耐え切れず、身をよじる渚に、奏は目を細めた。

「信じてくれてありがとう」

奏は、最後に渚の耳元にそっと囁いてから、解放した。

「怖かったね…すまなかった」

あやすように呟く奏に、渚は「いいの。大丈夫」と、照れくさそうに頬に垂れてきた、三つ編みを耳に掛けて笑った。

奏は渚に微笑み返してから、姿勢を正すと、渚もつられるように背筋を伸ばした。

空気が変わったことはすぐに分かった。

「渚、私がこれから話すことも信じて聞いてほしい」

「いいね？」と告げる奏に、渚はいよいよだと、大きな期待を込めて頷いた。

それを合図に、奏はバッと両手を広げた。

「見てご覧！」

すると真っ白だった空間は、照明を調整したかのように、徐々に薄暗くなり、それと同時に星々が顔を出し、光の線で結ばれていく。渚はその様子を目で追った。

「これは…星座？」

「そうだ」奏は頷いてから、「ほら、あちらをご覧」と、指で示した。

「中央に三つ星が並んでいるだろう？　あれが有名なオリオン座だ」

「あ！　それなら私も知ってる！」

無邪気にはしゃぐ渚はいつの間にか、奏との天体観測を楽しんでいた。

繋ぎ合わされた星々は、やがて絵図の様に浮かび上がり、四十八もの作品が渚達の周りで輝いている。

「きれい…」

瞳に星を宿し、その美しさにため息を漏らす渚。

「ああ、とても美しい」奏も肯定した。

「奏も、この星座の一部みたいに、綺麗だよ」

さらっと恥ずかしい台詞をはいたことを時間差で自覚した渚は「あ、あれ？」と、赤面した。笑われたかもしれない、チラッと横目で見た奏は意外にも、驚いたように渚を見ていた。

何と言っていいか分からないと告げるように、沈黙する奏に「あの、奏？」渚は、堪らず声を掛けた。

「ああ、すまない」それから、頬を少し緩ませて「随分、聡い子だなと思ってね」と、小さく呟いた。

「え、それってどういう…」

詰め寄る渚の唇はまた奏の人差し指に止められた。聞かないで、そう訴えるように、瞳を揺るがす奏に、渚は口を噤んだ。

そして、奏は躊躇いがちに口を開いた。

「渚はギリシャ神話を知っているかい？」

唐突な奏の問いに、渚は「えっと、あのゼウスやハデスといったギリシャの神様や英雄達の話でしょ？」と、記憶の貯蔵庫から慌てて漁ってきた情報で返答をした。

「そう。ではここにある星座は?」

奏はさらに質問を重ねる。渚はもう一度、貯蔵庫へ引き返した。

「十二星座は知っているよ。朝の占いでも毎日、目にするし、干支と同じで、私達に直接当てはめられているものだから」

「あとは、有名なものなら、さっき見たオリオン座とか」

渚は小さな声で付け加えた。

「星座の話は?」

そろそろ情報も枯渇してくる。

「星座の話はあまり…ああ、でも、多くの神話や身近なものから星座は生まれたんだよね。それこそ、さっきのギリシャ神話とか」

こういった分野は、雑学好きの直や、隠れロマンチストである咲の専売特許だろう。

静かに渚の答えを聞いている奏を目前に、渚は、この場にいない二人に助けを求めた。

答え合わせを終えたように、奏は頷いた。

「渚の言う通り、星座と神話には密接な繋がりがある。対となるものと言ってもいい」

絞り出した答えに花丸をされたようで、渚は少し嬉しくなったが、すぐに、質問の意図を探るように奏を見つめた。

渚の視線に気付いた奏は安心させる様に軽く頭を撫でた。

「それでは、そのギリシャ神話に登場する神々が実際に存在していると、そして星座が人の形を成して、生を持つものと伝えたら、其方は信じてくれるだろうか」

言葉が出なかった。渚は、奏の言葉を何度も頭の中でリピートさせたが、それでも、そんな簡単に頷ける内容でもなかった。

困惑の色を広げる渚。

奏はその手を逃がさないとばかりに、捕まえた。

「いいかい、渚。ギリシャ神話は単なる［おとぎ話］ではない。ギリシャ神話は一部、実際にあった史実。その神々だって、確かに実在するんだ。これは宗教的な話ではなくて、事実として伝えているんだ」

「せ、星座も？」何とか、振り絞った渚の声は震えていた。それでも、奏の必死な様子に、向き合いたいという気持ちは強かった。

（だって、ようやく会えたんだから）

奏は渚の対応に感謝するように続けた。

「その通りだ。ここにいる星座達も実在した。特に、渚も知っている十二星座は、守護戦士と呼ばれ、人々を守っていた」

渚は先を促すように黙って頷いた。

「星座に力を与えたのは一人の姫だった。姫といっても歴史の影にも隠れ、物語すら語られない、名もなき姫だったがね」

奏は少し悔しそうに、そして、とても懐かしそうに眼を瞑った。

「其方は…その姫の生まれ変わり。そして、私は、其方を守り支える神官だった」

（ありえない！）

渚は口から飛び出そうになったその言葉を必死に呑み込んだ。

「信じられないのは分かっている。

この話を信じろと言う方が無理な話だ…。

でもどうか最後まで聞いてほしい」

奏の真剣な眼差しに渚はただ頷くしかなかった。

「…ありがとう」

奏は心底ほっとした表情を見せると、やがて物語の続きを聞かせるかのようにゆっくりと話を再開させた。

「ある日、冥界の王ハデスと天界の女王ヘラが手を組み、その少女と守護戦士を狙った」

「同時にあらゆる天災が湧き起こり、人心は乱れ、世界が滅亡しかけた。

其方は十二人の守護戦士達と共に戦った。だがヘラ達の力も天災も強大過ぎて、最後は姫と十二星座諸共全てを巻き込んで封印したんだ」

（普通こんな話、信じられるわけない）

（……でも、どうしてだろう。どうしてこんなに心に響くのだろう）

渚は熱くなる心を抑えようとギュッと拳を握りしめ、胸に置いた。

「私達がこの時代にようやく転生し、こうして出会った。これがどういう意味か分かるかい？」

「う、ううん」

渚はすぐに首を横に振った。

「今、地球そのものの浄化能力が衰えると同時に、ヘラ達の封印も解かれ始めている。奴等の目的は自分達を封印した者への復讐。そして守護戦士達の永遠の消滅」

奏は冷静さを装っていたが怒りは抑え切れない様子で、美しい顔は強張っていた。

渚はその様子にごくりと唾を飲み込んだ。

「それで…私は何を？」

「渚と同じように転生している筈の守護戦士達を探し出し封印を解除し、その力を解放する。そして、もう一度…いや、今度は永遠に奴等を封印する。それが私達の使命だ」

「そんな…。そんなこと私には…」

渚は思いっきり首を横に振ると奏は、摑んだ手に力を込めた。

「できるんだよ。いや…この使命は私達にしかできない。だからこそ今、この世界に再び生まれ変わって出会ったんだ」

ドクンと渚の心は大きく跳ねた。

「私は生まれた時からこの記憶があり、ヘラ達はそれを恐れて引き離し結界の中に閉じ込めた。

信じる想いの強さでその結界から出してくれたのは紛れもない渚…其方だよ」

(非現実的なこと。でも奏が現れたことでそれは少し証明された)

「信じるよ。だけど私はただの中学生。

何の力もない…探せないし、戦えない…そもそもその記憶すらないの」

すると奏は優しく渚の頬に触れた。

「大丈夫、其方は一人じゃない。

皆がいるじゃないか。この私もその一人だ」

「ほら、今からそれを証明するよ」

「えっ?」

その途端、渚は糸が切れた様にプツンと意識を失った。

「なぎ…さ…渚……」

手のひらに微かな温もりを感じ、渚の意識は徐々に引き戻されていく。

重たい瞼を開くと、そこには心配そうに見つめる咲達の顔が並んでいた。

「咲ちゃん…どうしてここに…」

そっと起き上がると咲は力強く渚を抱きしめた。

「良かった！　全然、起きないから心配したじゃない！」

咲の声色は強かったが涙声だった。

「わ、私は、さっきまで奏と話していて…やっぱり…全部、幻だったの？」

混乱する渚を落ち着かせるかの様に、咲は回した両手でポンポンと背中を軽く叩いた。

洸はイタズラっぽい目でクスクス笑いながら渚の後ろを指差した。

「見てみろよ。幻じゃないから」

直の声に慌てて振り返ると渚はギョッとした。

暗い部屋の一角が明るく輝き、嬉しそうに笑う奏の姿が浮かび上がっていた。

「この子達にも聞いて貰っていたんだよ」

「渚の魘されている声を聞いて駈け込んだら、あんたの身体が光ってて！」

先程までの興奮を思い出すように咲の声はいつもよりも早口で頬はほんのり赤い。

「咲の声ったらもー！　ありゃあー雷だね。僕なんて風呂場で引っ繰り返っちゃったよー」

そこで咲の一発が洸に入った。

「それで、みんなで呼び掛けていたら、急に奏が！」

「咲、少し落ち着け」

誰よりも取り乱す咲を直が宥めた。

奏はそのやり取りを微笑みながら眺めると、すぐに真剣な表情に戻った。

「渚をどうか頼むよ。其方達だけが頼りだからね。これからヘラ達も本格的に動き始める…いや、…もう始まっている」

奏は渚達を一人ずつ見回した。

「私が動けない時は千歳玉を届けた椿を使いに出す。ピンチの時はきっと助けてくれる」

「椿」。その名に直の眉はピクリと反応したが奏はそこには触れず、続けた。

「このことは他人に言っては駄目だよ。どうかくれぐれも気を付けて」

渚達は互いの顔を見合わせて頷いた。

奏の言うことは決して嘘ではない。

そう皆の心には確信が生まれつつあった。

少なくとも今は信じてみようと、渚は心に決めた。

「…いい子達だ。私はそろそろ出なければいけない。またいずれ会おう」

奏は最後に口元に笑みを残すと、そのまま跡形もなく消え去った。


その日、奏は静かに坂本道場を去って行った。

「椿が地下牢に閉じ込められているのに、なんて薄情な人なのですか！」

飛び起きた琳は怒りを爆発させた。

「やはり貴方は奏に利用されていただけなのですよ」

椿はそんな琳を見ながら、先程の夢の中に出てきた奏のことを思い出していた。

『戦いの時は近い。古の約束を思い出し大切な人を守るため、本当の自分を取り戻すんだ。

闇は近付いている。私は姿を消すが、いつでもお前のことを思っている』

これが別れの言葉かのように話す奏に椿は不安を覚えた。

『椿、琳のことを頼む』

「奏…何を…言っているの？　戦いって？　闇って？」

椿の問いに奏はただ微笑みを返すだけでそのまま白い霧の中へ、吸い込まれる様に消えた。

鉄格子の向こうで琳がまだブツブツ文句を言っている。

「大切な…人…守る力…か」

椿は小さく呟いた。


目を閉じれば思い浮かぶ大好きだったあの人達。

「咲ちゃんは強い子だから何があっても絶対負けないわ」

そう言うと必ず額に頬にキスを落とす笑顔の素敵な母親。

大きいお腹はもうすぐ咲がお姉ちゃんになる証だった。

「咲」

寡黙な父親。それでもその眼差しはとびっきり優しく愛に満ち溢れていた。

頭を撫でるあの武骨な手が咲は大好きだった。幸せだった。自慢の家族だった。

この幸福は永遠だと信じていた。

崩壊は一瞬だった。

あの日、あの時、あの場所にいなければ…と、咲は何度も悔やんだ。

その日、咲は母親の迎えを待たずに幼稚園を飛び出した。

日に日に大きくなっていく母親のお腹と共に咲の娘として、姉としての使命感のようなものも、芽生えだしていた。

(私は強い子！　お姉ちゃんになるんだから、もう一人で帰れるもん！)

それは一種の冒険。意気軒高に帰路を辿っていた矢先だった。

「ちょっと、そこの可愛いお嬢ちゃん」

使い古されたような言葉が頭の上から降り注いだ。見上げた瞬間、意識はそこで途切れた。

小さな勇気が招いた長い長い冒険の始まりだった。

その後の記憶は曖昧だ。何処か他人事で、自分の過去なのかも分からない。

ただ長い間、暗闇を彷徨っていた亡霊と化していた。

それでも鮮明に覚えていることがある。

「お前は親に売られたんだよ。誰もお前を必要としていないし、助けになんか来ない。世界中の誰もがお前を嫌い、愛してくれる人間なんていない。生きてる価値すらないんだ」

何度も何度も繰り返し言われ続けた刃物のような言葉。

その言葉を復唱しろと命じられれば、自分の声に出したりもした。

紙に一字一句書けと命じられれば、許しが出るまで書き続けた。

「そんなことない！　私は捨てられてなんかない！」

初めは否定していた。

それでも、いつまで経っても助けに来ない父と母に（そうなのかもしれない）と、思うようになった。希望が絶望に変わっていくのを幼いながらに感じた。

「ふう…」

咲は手のひらに乗せていたロケットペンダントをぱたりと閉じた。

全てを奪われたが、これだけは「お前を捨てた人間の顔をよく覚えてろ。そして憎しみ続けろ」と、強制的に持たされていた。

何度も捨ててしまおうと思った。

それでも何かに縋りつきたかった。

この世界で生きていく意味が欲しかった。重力じゃない他の何かで繋ぎ止めてほしかった。

じゃなきゃ…怖くて怖くて、到底『強い子』ではいられない。

沈みかける月。

明けの明星が煌めく朝ぼらけ。

まだ冷たさが残る風が咲の黒髪を弄ぶ。

咲は数時間前のことをぼんやりと思い出した。

「まさか、本当に現れるなんて」

興奮する渚を寝かしつけた後、咲達は一旦、咲の部屋に集まって話し合いをした。

「咲は信じてなかったの？」

イスの背もたれに前屈みで体を預ける洸の問いに、咲は全力で首を横に振った。

「そうじゃない！　渚は嘘をつくような子じゃないから。何かあるんだろうとは思ってた。

でも、いきなり、あんな…」

咲は混乱する頭を押さえて「何が起こってるの」と、小さく呻いた。

「咲の気持ちはよく分かるよ。でも、ここで悩んでても答えは出ないさ。ね、直」

「ああ、そうだな」

珍しくおふざけなしで返答をする洸に、壁に凭れていた直は静かに同意した。

「取り敢えずは様子見、だな」

そう続ける直に咲も「分かってる」といった感じで頷いた。

「とにかく！　渚に余計な心配かけさせないように『いつも通り』を貫くの！」

「あんた達、いいわね！」と、凄む咲に「それは分かってるけどー」と、自分よりも遥かに大きな瞳がじっと咲を見つめる。

「な、なによ」

洸は自分の目元をトントンと指差した。

「目の下、すごいよ。どうせ、また眠れてないんでしょ」

「これは！」

「顔色も悪いぞ。大丈夫か」

反論の隙も与えず直も口を挟む。

「だから、これは！　…最近、勉強やっていたから少し寝不足なだけで」

「ふ〜〜〜〜ん」

「〜〜〜〜っ！」

疑いの眼が双方から向けられる。

完全に見抜かれてしまっている。

「私のことはいいから！　ほら、今日はもう寝るんだからさっさと出てって」

シッシと手を振って部屋から追い出そうとする咲に、直と洸は苦笑いを浮かべた。

「今日『は』ちゃんと寝ろよ」

そう言うと直は部屋を出た。

「分かってるから！」

「そうやってすぐ誤魔化すー」

洸もイスからひらりと下りると、咲の射貫くような眼差しと交差する。

「別に誤魔化してなんかない」

寝不足がたたってか、いつにも増して眼力も鋭く尖り、無駄に迫力がある。

そんな咲に洸は特に動じることもなく、近付いた。

「さーき。顔、こわいよ～。そんな、野良猫みたいに威嚇してたら渚も逆に心配になるんじゃない？」

「誰が野良猫だ！」

「イテー」

咲の小突きに対して洸はオーバーに反応する。

「渚には心配かけないようにするから」

そっぽを向く咲に「あのねー」と、洸は少し不満気な声を出した。

「渚だけ？　一応、僕らも咲のこと心配しているんだよ？」

「あ…」と、咲はハッと声を上げた。

「別に僕らに心配かけるなって言ってるんじゃないよ？　ただ、咲が渚を想う気持ちの半分、いやほんの少しだけでも自分自身のことを労わってほしいと思うかな。

咲は頑張りすぎる節があるからね」

少し怒ってみせる洸に、咲は自分の胸がちくっと痛むのを感じた。

「それは…ごめん」

思ったよりも素直な言葉が出たことに咲は内心驚いた。

洸も一瞬、きょとんとした顔をしてから、やがて満足そうな笑みを浮かべた。

「な、なによ、その顔」

不本意だとばかりに、口を尖らす咲。

「いや、別にー。まあ、今日はしっかり休むんだよ」

笑いながらドアノブに手を掛ける洸。

「…うん」

咲は渋々頷いた。

「あー、今、微妙な顔したー」

「してない！　うるさい！」

咲にもう一発、お見舞いされながら、二人のじゃれ合いは直が怒って戻ってくるまで続いた。

薄暗い部屋に咲の白い肌が浮き彫りになる。顔は青白く目の下の黒さは余計に強調される。

『咲ちゃんは強い子だから何があっても負けないわ』

咲はそっと目を伏せて、ペンダントに刻印されている模様を指でなぞった。

（うん、分かってる。だから、私は何があってもあの子を守らなきゃ）

不意に触れた窓ガラスが《パチッ》と、音を立てた。微弱な静電気に反射的に顔を上げると「ふう」と、小さく息を吐き、そのまま額を当てた。

（大丈夫、大丈夫…今日も頑張れる）

進むべき正しい道はなく、残されたのは選択すべき多くの可能性。いつだって何かの犠牲の上に成り立ち、進んでいく。

それならば、最善の選択を導き出さなければならない。

（私の大事なもの、守りたいもの、なくしたくないもの…）

片側の窓から風が流れ込み、カーテンをゆらゆらと揺らす。

「ごめん……洸。また、約束破っちゃった」

東の空に薄っすらと明かりが灯っていくのが見える。

眠れない夜が続いていく。それでも、当たり前のように新しい世界はやってくる。

第二章

広いグラウンドに生徒達の声が響いている。統一された青色ジャージが茶色い地面に色を付けていく。

六時間目の体育、男子はトラックを使ってマラソンをやっている。

運動部員が多いクラスの中にあっても、帰宅部の直と洸の二人は全く引けを取らない。――と、言うよりも断トツな走りで他を圧倒していた。

後続の男子達のブーイングが聞こえる。

「ちくしょう！　お前らズルいぞー！」

「そんなんだったら陸上部、入れよな！」

「いやサッカー部だ！」

「いやいやバスケ部だ！」

「いやいやいや吹奏楽部だっ！」

「なんでだよ!!」

非難の言葉を背中に受けながら楽しそうに走る二人を見て、渚はクスリと笑った。

「相変わらず、すごいなー」

ピーッ！　と、のどかな空気を劈くようにホイッスルがけたたましく鳴り響く。

渚は、慌てて前を向き直した。

（あ、やばい）

体育教師の小林正《ただし》が跳び箱の向こうで仁王立ちをしながら待ち構えている。まだまだ肌寒さが残るこの季節、白い半袖になっているのは、マラソン中の一部の男子と、この小林だけだ。

がっちりとした、いかにもスポーツマンだと感じさせる筋肉質な腕に青筋が入る。

「次、お前だろうが！　ぐずぐずすんな！」

「すみません」

女子は隣で跳び箱の最中だった。

ハッと振り返ると、後ろにはずらりと順番を待つ女子達でごった返していた。

「白石さん早くしてよ！」

「全くいつもボーッとして！」

こちらもブーイングになる。ただ、直達と比べて、その声には敵意が宿っている。

「あ、ごめんね！」

皆に急かされ渚は慌てて飛び出した。

助走の途中、目の端に心配そうな表情を浮かべた直が通り過ぎる。

「大丈夫、大丈夫」

思わず苦笑いを返した。

タンッと勢いよく踏切板を蹴り上げ、すらりと伸びた両腕をマットに叩き付けると、渚の体は晴れ渡った青空にフワリと浮き、つま先から舞い上がった。

重力がなくなったかの様に、そのままくるりと体を回転させ軽やかに着地する。

そして、振り返って会心の笑みと小さなガッツポーズ。直も洸も笑っているようだった。

「わあっー」

普段悪口ばかりの女子達も思わず声を漏らしたが、「フン！　まあまあ、そんなもんだろ…次！」と、記録表を書きなぐる小林の冷たい態度に、皆もその後は口を噤んでしまった。

そればかりか、面白くなさそうに険しい表情を浮かべる小林の顔色を窺って、ひそひそと声を立て始める。

「な、何よあれー。見せつけちゃって」

「どうせ男子達の受け狙いでしょ」

「うわぁー最低」

そんなやり取りを尻目に渚は、全くお構いなしに額の汗を拭い大きく深呼吸をした。

「ふうー。今日も暖かいな」

「よし、次！　…次、誰だ！　早くしろ！」

小林の怒鳴り声に、ようやく振り返ると咲が列の先頭で蹲っていた。

「さ、咲ちゃん！」

「なんだ今井、また夜遊びか。男とチャラチャラ遊んで、いいご身分だな！」

真っ青な顔をし、明らかに具合の悪そうな咲に、小林はずかずかと近付き、上から罵倒の声を浴びせた。その口角はしっかりと上がっていた。

近くにいる女子達も誰一人として手を貸す者はいない。

代わりにひそひそと馬鹿にした笑い声だけが聞こえる。

「みんな…」

渚は慌てて咲に駆け寄った。

トラックを走る二人の間をフワッと風が通り過ぎた。突如、直の眉が中央に寄り、

「ちっ」と、舌打ちをした。

「…クズ野郎が」

吐き捨てる様に呟くと、隣を走る洸が驚いたように振り向いた。

直は片耳に手を触れ、頻りに何かを聞いているる素振りを見せる。

「直、また何か聞こえるの？」

「ああ。小林の奴だ。またやってる」

洸は慌ててグラウンドの隅に視線を移した。

キョロキョロと見渡すと、倒れている咲とそれを支えようとしている渚、その傍で何か言っている小林の姿が目に入った。

しかし、いくら直と同じ仕草をしても何を言っているのか洸には全く分からなかった。

直だけにある特殊能力なのか何なのかは謎のままだが、洸は敢えて聞かないことにしている。それが幼い時から一緒にいる［ひなたハウス］の暗黙のルールだからだ。

「根性の捻じ曲がったぼんぼんが！」

直が指す〈ぼんぼん〉とは、小林正のことだ。そのぼんぼん振りは筋金入りの強烈なモノだった。

去年の春、新任で入ってきたが、最初の挨拶からぶっ飛んでいた。

何しろ来賓席には父親を筆頭に祖父母、兄弟が座り壇上には母親同伴だったからだ。

それでも校長や他の教師達が何も言えなかったのは、その一家が地元でも有名な資産家で、多額の寄付を学校にしていたか、もしくは賄賂でも受け取っていたのではないかと噂されていた。

小林正のモットーは〈貧乏人は金持ちに従え〉〈金で買えない物はない！〉で、生徒に対する姿勢も全くその通りのまま、その贔屓目振りは想像を超えていた。

特に親のいない直達の扱いは虫けら同然で、何かに付けて辛く当たってくる。

そんな人間が担任でもあるため、学校生活は厳しいストレスを強いられることが多くなった。

「あいつ、何で教師になりたかったんだろう？」

洸は意味が分からないと、顔を顰めた。

「大方、金の力で子どもを従えて御山の大将にでもなりたかったんだろっ！」

蜂谷に青筋を立てて拳を震わせながら、睨み付ける様は、背筋がゾクリとするほど迫力のあるものだが、洸はそんな直を逆に羨ましくも思っていた。

「あいつ、渚達にはやけに絡むよな！　何なんだよ！」

（ああ、そっち？）

洸は直の怒りの矛先が見えた様で「ぷっ」と、吹き出した。

「心配しなくて良いよ。多分ターゲットは…どちらかつーと咲の方かな？」

洸がニヤニヤと直を見つめた。

「えっ…」

　直は心の中を洸に見透かされた様で、急に恥ずかしさが込み上げてきた。

「いや、俺は…別に…」

　しどろもどろになる直を無視して、洸は視線を咲達の方に戻しながら続けた。

「あいつ今はあんなんだけど、着任当初はあの二人にベタベタ甘かったんだぜ」

　洸はくいっと顎で小林を指した。

「はあ？」直の語気が強くなる。

「気味悪いくらい毎日色々な物を買ってきて、ご機嫌取ろうって付き纏っていたんだ」

「知らなかった…」

　そんな事は直には初耳だった。

「まあ、あいつ、異様に直を怖がってたからね。直の前では大人しくしていたんじゃない？」

「ああ」と、直は納得した。顔故か、小林に苦手意識を持たれているという自覚は何となくあった。

「これは後日、嫌がる咲から無理矢理聞いたんだけどね」と、言いながら洸は続けた。

「ある時、渚の鞄の取っ手が取れちゃったことがあって、不意に小林が近付いて、

『あれー？　大変だねぇー。もうそんな小汚い鞄は捨てちゃって僕が新しい物を買っ

てあげるよ』って言いながら肩に触れて連れて行こうとしたんだって」

　直の片目の端がピクリと引き攣った。

「そこに丁度、咲が通り掛かって『ちょっと！　先生何してんの！』って腕を引っ張ったらさ『なにー？　咲ちゃんヤキモチ？　可愛いねぇー』って逆に引き寄せられて顔が近付いてきたから…」と、洸は直にぐいっと顔を近付けた。

「ああっ」

　みなまで言われずとも、直にもその先の展開が手に取るように分かった。

「そう、その通り」

　参ったとばかりに洸はため息をついて、首を左右に振った。

「やっちゃったんだよねー。思いっきり…」

「触るな！」と、振り払った手は小林の顔面を捉え、乾いた音と共に体は教室のドアに叩き付けられた。

　それでも咲の怒りは収まらず、初めて経験する屈辱に、打ちひしがれている小林を上から見据え、「私達に二度と近付くな！」

　と、吼え上げた。

　普段無口な、どちらかといえば無抵抗にも思える咲の一喝に小林は目を丸くした。

「次、同じことをやってみろ！　絶対に許さないからな！」

怒りに燃え上がる様な瞳と教室に響き渡る罵声、そして生まれて初めて感じた頬の痛み。

親にも殴られたことなどないであろう彼の驚きと恐怖心は、やがて自分より格下だと思い、侮っていた相手から受けた侮辱として激しい憎悪へと変わっていった。

この日を境に小林の咲達への執拗な苛めは始まった。

加えて元々、不器用な性格の上、目付きもきつくクールな顔立ちの咲は、一部の男子にはカリスマ的な人気があるものの女子達からの受けは今一悪かった。

小林との対立が表面化してくると、これ幸いと便乗し、今ではクラスの殆どの女子達が敵対する様相にまで悪化をした。

更に当の本人は全く意に介していないが、愛らしい顔立ちと誰とでも気さくに接する性格で、クラス一人気者の洸が常に一緒にいるということも、女子達の反発を食らう原因になっているだろう。

「あっ！」

突然、洸が声を上げた。

見つめる視線のその先にふらふらと駆け出す咲の姿があった。

「ねえ、もう行って良いかな？」

良いも悪いも洸はもうすでに方向を変えて走り出していた。

「おい――！　湊！　どこに行く！」

男子の体育担任の斉藤徹《とおる》が慌てて手をブンブン振った。

後続の男子達も口をあんぐり開けている。

「腹痛です。俺、付き添ってきまーす」

普段は洸の暴走を止める役の直だったが、今回ばかりは「まあいいか」と思えてしまった。そのままコースを外れ、洸のすぐ後を追い掛けた。

「なあーにが腹痛だっ！　ぴんぴんしてんじゃねーか！　あの野郎達！」

二人の行く手には女子達が騒めき立っている。

三十二歳独身、彼女いない歴年齢の背中がプルプル震えていた。

「そーかい、そーかい。お前達がその気ならこっちにも考えがあるんだからなぁー」

斉藤は手に持っていた記録表を取り出し、二人の欄に赤のボールペンで大きく書きなぐった。

「水波…記録なし、評点ゼロ。湊…記録なし、評点ゼロ。追試決定！」

「くっくっくっー。ざまあーみろっ！」

自分の書いた物を見ながらこっそりほくそ笑む斉藤。

「先生―！」

「お前らなんかに高評価なんてやらねぇーからな！」

「先生ー!!」

「あぁー？　何だぁー？」

不機嫌そうに振り返った斉藤は二度見どころか三度見をした。

そこには全力を出し切ってフラフラになりながらも次々とゴールしている生徒達の期待に満ちた目、目、目…。

「おい、先生！　オレ達の記録はー!?」

「はっ？」

手の中のストップウォッチは誰の記録を計ることもなく無情に進み続けていた。

「す、すまん…」

「はあああー？」

小さく項垂れる斉藤に男子達の攻撃が降り注いだ。

「お、おい。何か後ろ大変なことになってるかも…」

直は振り返りながら洸に声を掛けたが、洸にはそんなことを気に留めている暇はなかった。

前方に迫り来るどす黒い雷雲を睨み付けながら独り言の様に呟いた。

「…やばい…」

何かが始まりそうな…いや、何かが終わってしまいそうな苦しい程の胸騒ぎを抱えながら二人は走り続けた。

「何やってるんですか先生！」

渚は咲の前に立ちはだかりキッと小林を睨み付けた。

「咲ちゃんのこの顔を見て本当に仮病だなんて思うんですか？」

静かではあるが、その口調から内に秘めた怒りが溢れそうになっているのが伝わってくる。一見穏やかに見える瞳の奥には悲しみと苦しみが混ざり合い強く輝き、咲とはまた違った迫力を見せた。

「う、うるさい！」

小林はその言葉とは裏腹に一歩後退りをした。普段穏やかな彼女が見せる激しい感情に完全に呑まれたのだ。

「それに咲ちゃんは夜遊びなんてしていません。先生が一生徒に、それも皆のいる前で証拠もないのにそんなことを言うなんて許せません」

渚は小林から咲を隠すように、咲の体をギュッと抱きしめた。

「だ、黙れ！」

無意識に振り上げた拳に周りの空気がザワッと揺れる。

その時「いいのよ…渚…」腕の中で、か細い声が漏れた。

「咲ちゃん…」

先程まで蹲っていた咲がよろよろと立ち上がり、渚の手を握ると、小林を睨み付けた。

「今、この子を殴ろうとしたでしょ？」

「い、いや…」

口籠もりながら小林はチラリと咲の顔を見た。

透き通る様な白い肌に、黒漆のような、艶やかな長い髪、それと同じ漆黒の瞳。中学生とは思えぬ色気は天性のものだろうか。（—美しい…）と、思わず口から零れそうになる言葉を呑み込んだ。

「この子は関係ないでしょ？」

咲は強い口調とは裏腹に目は虚ろで額には冷や汗が滲んでいる。

足元は頼りなく、脚は小刻みに震えていた。

小林は〈しめた〉と、心でほくそ笑むと後退りしていた足を一歩前に踏み出し、不敵な笑みを浮かべて咲を見下ろした。

「そうだ。お前さえしっかりしていれば白石は叱られることもなかったんだ。迷惑な友人の所為で白石もとんだ逆上りを受けちまったよなーかわいそうに」

「先生!!」

渚は悲鳴のような声を上げたが、咲は右腕を横に伸ばして、渚を静止させ、そのまま、背中に隠した。咲より頭一つ分、身長の低い渚は、その背中に完全に収まってしまった。

「くっ…」

咲は悔しそうに唇を噛み締めた。

「このままじゃお前だけじゃなく、口答えをした白石も授業妨害として評定なしかもな」

「そんな！」

動揺する咲に小林は、さも愉快そうに笑って見せた。「聞かなくていい！」と、抗議する渚の声も最早、咲には届いていない。

それどころか、より必死に渚を守ろうとしている。

「でも、まあお前が心を改めてこれからは何でも俺の言うことを聞くって言うんだったら考えてやるし、このまま休ませてやってもいいんだ」

脅威が薄れたことにより、どんどん饒舌になる小林。彼の独擅場は続き、ここが学校であるということすら頭にはないだろう。

「ほら言ってみろよ『先生、今まですみませんでした。これからは言うことをちゃんと聞きます』って。ほら、どうした」

周りでは一連のやり取りを傍観し、時に冷やかしをする観衆が好奇の視線を送りながら、クスクスと笑い出した。

「やだあー」

「なにこれー」

「あぶなーい」

我慢ならず飛び出そうとした渚の腕をギュッと痛いくらい摑み、咲は首を横に振った。

「大丈夫よ…」

そう言って無理に笑顔を作ると、咲はくるりと向きを変え、小林を無視して跳び箱に向かって駆け出した。予想もしなかった展開に皆の反応がワンテンポ遅れた。

「いけない！　咲ちゃん！」

渚は叫びながら、後を追った。

「今井！」

慌てる小林にチラリと視線を送りながら咲は吐き捨てる様に叫んだ。

「誰がお前なんかに…死んでも言うかっ！」

「やめろー！　咲！」

遠くで洸の声が切なく響いていた。

踏切板を蹴り上げるまでは覚えている。

視界が急に目隠しをされたように、いきなり暗くなり、箱が崩れていく大音響の後にやってくる身体の鈍い痛み。

そして沸き上がる歓声と笑い声が耳に届く。薄れ行く意識の中で咲の胸中にどす黒い〈何か〉が、ふつふつと沸き上がってくるのが分かった。

（チクショウ、ナンデイツモコンナコトバカリ。ミンナイナクナッテシマエ…ミンナキエテナクナレ）

我慢して、我慢して、傷口から溢れ出てくる膿は、やがて咲自身も呑み込んでいくようだった。

いつしか上空には分厚い雷雲が膨れ上がるように広がっている。

渚の泣き声が耳に響いたような気がしたが、咲はもうどうでも良い心境にいた。

（もう、このまま…）

熱いモノが頰を伝った。

思い返せば咲の人生は人に裏切られ、大事なものを奪われることの連続だった。

前向きに生きようと心に決めて、今まで生きてきたが、何かが溢れ出してくるのをどうにも止められなくなりそうな自分が怖かった。

周りは薄暗くなり、巨大な積乱雲からは稲光が轟いていた。

「ああーまただよ」

倒れ込む咲の耳に女子生徒の呆れたような、ため息混じりの声が響いた。

「今井さんがこうなると決まって天候が悪くなるよねー」

「そうそう」

ヒソヒソと耳打ちをしているようで、はっきりと聞こえる悪意ある声。

今まで〈まさか〉と思うことが幾度とあったため、咲の起こす異常現象は最早、隠しようのない事実となって噂は徐々に広がっていた。

「相当の雨女ってかぁー？」

「ここまで来ると気味悪りぃよなー」

グラウンドの隣の面で走り込みを終えた男子生徒も、ザワザワと此方を見ながら話しているのが分かる。

皆、すでに〈陰口〉ではない。

容赦なく投げ付けられる言葉の暴力に咲は、肩を震わせ、グラウンドの土を握り潰した。

「くそっ…」

余りにも惨めな自分に腹が立った。—が、「よいしょっと」

「えっ……」

突然、崩れていた体がふわりと浮く。

あんぐりと口を開けて目を見張る皆の前に、十センチ以上の身長差を物ともせず平然と咲を〈姫抱っこ〉する洸が静かに立ち尽くしていた。

「ばかだねー。そんなの噂に決まってるよ。みんな、アニメやマンガの見過ぎじゃない？」

満面な王子スマイルを浮かべ、しれっと毒舌も添えながら、洸は反論した。

そして、今度は咲を見下ろすと、「咲もだよー。何、泣いてんの？　おバカさんだね」と、少し怒ったように、囁いた。

「きゃあああ――！」

時差で女子達の叫びにも似た悲嘆の声がグラウンド中に響き渡った。

「洸君、何で！　今井さんなんか！」

「ヤダー！」

そんな言葉など聞く耳を持たないとばかりに、洸は人垣に向かって何食わぬ顔で歩き始めた。

とうとう返答すらしてくれない、クラスのアイドルに、女子達はわなわなと体を震わせた。

「も、もしかして今井さん…わざと？　わざと洸君の前で落ちたの？」

一人が口に出すと、瞬く間に伝染していく悪口と言い掛かりの嵐。

「最低っ!!」

「ひどーい！」

グラウンドはブーイングで騒然となった。

意識が朦朧としていた咲だが流石にこの状況には焦りを隠せず、洸の腕の中でジタバタ体を捩って抵抗した。

「洸！　下ろして！　私なら大丈夫だから」

「いいからーいいからー」

洸は知らん顔で歩き続ける。

「ちょっと！　もう、離してって！」

咲の弱々しく振り上げた手をさっと避けると一瞬、真面目な視線を落とし、すぐに前方に向き直った。

「やだ、何よあれ…」

「むかつくー」

「幼馴染だからっていい気になってんのよ」

冷たく浴びせ掛けられる言葉を受けて、咲はいた堪れなさに顔を伏せた。

「っ…」

その時、クラスで中心グループの女子達が洸の前に歩み寄った。

「洸君！　後は私達がやるから心配しないで！　こんな人に関わったら、せっかくの評判が落ちちゃうじゃない、まるで化け物…」

「ねえ」

後の言葉を遮って洸はリーダー格の女子の前に進み出ると、「女の子がそんな汚い言葉を使っちゃ駄目だよ」と、できる限り優しく答えた。

氷の様に冷たい洸の微笑みに皆、言葉を失い辺りは水を打った様にシーンと静まり返った。

洸が一歩、歩み出ると人垣は左右に割れた。まるで訓練を積み重ねた軍隊のように、その息はピッタリだった。洸はその間をするりと抜け出した。

「何で、こんなこと…。私なんてほっといていいのに…」

咲が泣きそうな顔でおずおずと見上げると、そんな様子を見た洸の表情がパッと一変した。

「いやだよー。こんな可愛い咲を上から見下ろすチャンスなんて滅多にないじゃん！」

先程までの冷ややかさが嘘の様に大きな瞳をキラキラさせ見つめている。

洸の笑顔に咲は言葉を詰まらせた。

そして、ドギマギしながら目を逸らして小さく呟いた。「バカ……」

気が付くと、どす黒く広がっていた積乱雲はいつの間にか消え去り、天はすっかり元の明るさを取り戻していた。

「おい！　待って！」

騒つく生徒を掻き分けて小林が慌てて二人の後を追おうと飛び出した。

「誰が帰って良いって言ったよ！　こんなことをして、ただで済むと思うなよ！」

わざと語気を荒くドスを利かせて叫んでみたが、洸の足が止まることはなかった。

小林は忌々しそうに舌打ちをした。

「ちっ、くそガキが！　女みてぇな顔してる癖に手だけは早えんだなぁー」

皆の耳に入る様な大声で叫ぶと、洸がチラッと肩越しに振り返る。

その瞳に陽の光が反射しぎらりと残忍な輝きを放った。小林は肩を竦め、次の言葉を一生懸命探した。

「こ、これだから親のいないガキは…」

洸に聞こえないように、小さく呟いたつもりだったが、「親のいないガキが何だって？」背後に響く低い声に小林はギョッとし、体を緊張させた。

恐る恐る振り返ったその先には…。

（―ああ…やっぱり）

そこには、咲よりも強烈な眼光を走らせる、小林が一番苦手とする少年が立っていた。

「な、何だ、水波！」

友を馬鹿にされた怒りで直の蟀谷部分にはくっきりと青筋が浮き上がり、今にもブチ切れそうな様子が小林にも、よく伝わった。

「よ、よし！　今日はこれで終わり！」

小林は転がるように校舎に姿を消した。

「あいつ…」

「直くん」

肩透かしを食った直の怒りは、にっこり微笑む渚にポンッと背中を叩かれて、どうやら無事収まったようだ。

「さっ、私達も着替えて、咲ちゃんの所に行こう」

「お、おう。そうだな」

ポカンと置いてけぼりを食った皆を残して、二人も小走りで校舎の中に消えて行った。

――夢を見た。

それはまるで霧に隠された景色の様に、はっきりとは見ることはできない。

外は嵐。窓に打ち付ける雨の音がうんざりする程…五月蠅《うるさ》い。

鉄の錆びた臭いがツンッと鼻に付く。

白くか細い足首に重く冷たい鎖が絡みつき、幼い少女を縛り付けていた。

少女の瞳は何も映さないかの様に光をなくしている…。

闇を纏った漆黒の髪は青白い頬に張り付き、無表情に座っているその姿は生きた人形。

「ああ…。これは私だ…」

夢の中で咲は呟いていた。

そして、ひなたハウスに拾われる前の忌わしい記憶の断片だということに気が付き、身体は悲鳴を上げた。

大好きだった両親との思い出すら、分からなくなり、孤独に脅え暗闇ばかりを見ていたあの頃。

思い出したくもない世界に突如として落とされ、咲の心臓は、はち切れんばかりに速い鼓動を打ち続けていた。

「誰か…誰か助けて」

呼吸も乱れハァハァと肩で息をする。

「だ、だれか…」

涙が滲む。

その時だ。一筋の光が暗闇を打ち払った。

「やあ！」

視界の中に輝く大きな瞳が突然、飛び込んできた。

「ち、近い！」

思わず咲は両手でそれを払い除けてしまった。そこには…、

「痛いよー」

口を尖らせ、怒った振りをする小さな子どもが首を傾け立っていた。

温かく、そして優しく揺れる薄茶色の瞳。

咲の世界に色が戻った瞬間だった。

ポカンとする咲に悪びれた様子もなく、子どもは両手をブンブン振って話し掛けてくる。

「あのね、あのね！〈こう〉って呼んで！」

それがその子の名前だと理解するのに、時間を必要としたのは、いきなり握られた

手の温もりに戸惑っていたから。

人がこんなにも温かいのだと思い出したのもこの時だった。洸は笑った。

「何で泣いてるの？」

その言葉で自分の頬に伝ったのが涙だと初めて気付いた。

（―ああ…。これが洸との出会い。

私の心が救われた日だ…）

あの日と同じ温かい滴が幾筋も流れ、咲の冷めた心を溶かしていった。

瞬間、爆発音が聴覚を攻撃した。

「な、何？」

耳を劈く大音響、顔を押し付ける様な重圧、映画の場面が急転する様に目の前が突然闇に包まれた。

（いやだっ！　ここはどこ？）

気が付くと地面に這い蹲って必死に手を伸ばし、もがいている自分がいた。

「くっ…」

目を細め四方を注意深く探っていく。

すると、スッと霧が晴れていく様に暗闇が薄れ始めていくと、テープの早送りのようにみるみる景色を映し出していった。

「あっ…あああー！」

咲の唇が小刻みに震え出す。

「嫌だ！　嫌だ！　やめてー！」

（見たくない！）

心が拒絶しても両方の目は強制的に開かされている。視線を外そうにも目玉の動きまで支配されている様にピクリとも動かない。

「うっ…くっ！」

涙で溢れ真っ赤に充血した瞳に、薄ぼやけて映っていた景色が急に【カチリ】と、ピントを合わせてきた。

「うげぇっ！」

咲は胃から込み上げるものを抑えることができなかった。

「な、何…これ」

辺り一面に広がる禍々しい光景。

もう何人か分からない夥しい数の人間が連綿と焼け焦げて倒れている。

立ち上る煙、血と肉の焼ける強烈な悪臭に意識が飛びそうになる。

（ここは地獄か）

「う、ううっ…」

膝が肩が顎がガクガク震えているのを、どうすることもできず、咲はただ涙を流しながらその惨事を見させられ続けた。

「夢なら覚めて！　今すぐ!!　はやく!!」

じたばたと出口を求めて芋虫の様に這いずり、もがいた。指先に何かがカツンと当たると、咲はビクッと動きを止めた。

「スニーカー？」

見覚えのあるブルーのスニーカーからは、栄養の行き届いていない、枝のような、か細い足が伸びていた。

震える指先をギュッと握り、恐る恐る視線を上へと移していく。

「こ、子ども…？」

闇を纏った様な黒髪を靡かせ、体を硬直させて仁王立ちする影。

痛い程握り締められた両方の拳は小刻みに震えている。

「だ、誰？」

所々で火柱が上がっている。

その明かりに照らされて、しゃんとその顔が赤々と映し出された。

「ま、まさか…」

咲は息を飲んだ。

目玉をカッと見開き恐怖に引き攣った口元が何かを呟いている。

『ごめんなさい…ごめんなさい…ごめんなさい…』

（この子は［私］なの？　それじゃあ…これは…まるで私が…）

体が凍り付いた。

次には、ガラッ！　と、真っ黒に焼け焦げた瓦礫の中からもう一つの影が現れた。

「ふう…」

袖口で煤を拭い、すくっと立つと少女に向かって手を差し出した。

「咲！」

（こ、洸―？）

「ち、違う！　こんなの嘘だ！　こんなことって…イ、イヤ―――！」

突如、視界がゆらりとぼやけ始める。

闇に呑み込まれていく最中、絶望感に押し潰されそうになりながら咲はその身を預けた。

「……うっ…くっ…くっ…」

自ら漏らした嗚咽の声で咲は目を覚ました。耳元が冷たく湿っている。

（ここは…？）

朦朧とする意識の中、白い正方形が続き、その中に無数の穴が連なる変な物体に、片手を伸ばして触れようとするが、五本の指は空を切るだけだった。

—と、つんと鼻を突く消毒液の臭いが、鼻孔を通り抜け、徐々に意識が覚醒していく。咲はそこで初めて自分が天井を見上げていることに気が付いた。

ハッと咲は一気に上体を起こした。

—ポタポタポタ…と、水が零れ落ちる。

手元の白い掛け布団に水玉模様が広がっていく。

「わ、私…泣いて……」

顔を手で触れてみると、「…っ」頰の辺りが、じんわりと沁みた。一度痛みを感じてしまうと、身体の至る所から思い出したように痛覚が届けられる。

咲は今度は慎重に涙を拭うと、ぼやけていた視界が徐々に開けて色々なものが分かってくる。

白いベッドに、同色の布団と枕。

視界を少し移動させると、自分を取り囲む銀色のレールとそこから下がるアイボリーの布が、生き物の様に同じ方向にうねり続けているのが気持ち悪い…。

(ここ…。ああ……保健室だ。

私……どうしてたんだっけ?)

ふと脳裏を過ったのは倒れた自分を抱き上げる洸の顔…。

長い睫が影を作り、無邪気さが取り払われた真剣な眼差しは、うっとりする程美しかった。そして、まだ全身に残る洸の温もりと香りに戸惑いながら、咲は自らの両肩をぎゅっと抱きしめた。

「あの馬鹿力…」

そんな悪態を吐いてみても、頬が熱くなっていくことは止められない。

「ふう…」

咲は大きなため息をついた。

「私ってやっぱ可愛くない…」

本音と共に涙がぽろりと一緒に零れた。

本来、咲はこんなことでは泣いたりしない気丈な性格だ。しかし、今は信じられない程に弱々しい。人前で倒れるなんてことも初めての体験だったのだろう。

恐ろしい夢のことも急に現れた奏のことも、皆が噂する変な力のことも今まで〈何でもない！〉と、自分自身に言い聞かせて無理矢理呑み込んできたつもりだった。

けれど元々、生真面目な性格に加え、人一倍怖がりで心配性な咲が、そんなあやふやな状況にいつまでも耐えられるわけもなく、ついには限界を迎えてしまった。

（いけない…。教室に戻らなくちゃ）

長い髪を掻き分け、学年で色分けされた赤のストライプの上履きに足を通すと、ふらふらと立ち上がり、間仕切りのカーテンをさっと引いた。

「おはよう」

心臓が飛び跳ねた。

そいつはデスクにもたれ頬杖を突きながら、清潔な保健室に不似合いなほど下劣な薄笑いを浮かべて、咲の方をじっと見つめていた。

「こば…や…し…。ど、どうして…」

動揺を隠すことも忘れ、咲の声は途切れ途切れに上擦った。自分の目が映し出しているものは幻で、まだ悪夢の続きを見ているんじゃないか、一瞬、そんな思考に陥るほど、脳内処理が追い付かない。そんな咲の反応に小林は大いに満足した。

ヒビ割れている薄っぺらな唇が、今まで見たこともない優しい笑みをつくっている。けれど、濁った瞳の中はサディステックな輝きでギラギラしている。

「おいおい先生に対して呼び捨てかい？

担任が担当生徒の様子を見に来て何が悪い？　お前には少し指導が必要なようだな」

ゆらりと黒いジャージを纏った筋肉質な男が椅子から立ち上がる。

（こいつ…何か変だ…）

嫌な汗がツッーっと全身に伝う。

「なあ、今井…。今、苦しいだろ？」

小林は保健室の備品やポスターを一つ一つ意味もなく触りながら、その都度ちらちらと此方の様子を窺っている。さながら草食動物を狙う肉食動物の図だ。

「別に」

体内外は大きく動揺しているが、それでも咲は努めて冷静に答えた。

「強がるなよ。さっき…泣いてたんだろ？」

しかし、見抜かれていた。

「ちがうっ…」

顔を上げると驚く程近くに小林は立っていた。咲は飛び跳ねるように、後方に下がったが、ベッドのフットボードが邪魔をした。

「止まって！　来ないで！　一体、何がしたいの！」

精一杯の威嚇も効果はなく、小林はまた距離を詰めていく。

「そう警戒するなよ」

小林はにやにやしながら咲の髪に手を伸ばした。

「さっきは俺も悪かったたって思ってるんだ」

「イヤッ！」

振り払った手が小林の手を引っ叩いた。

「てめえ…」

優しげな仮面は見る見る剝がされ、凶暴な素顔が剝き出しになった。

「……っ」

小林は咲の前髪を鷲摑みにすると無理矢理、顔を自分の方へと向けさせ、息も掛からんばかりに囁いた。

「いつもいつも素直じゃないお前が悪いんだ。俺はいつだってお前のことを想っているのに…」

煙草の臭いが鼻を掠め、咲は顔を歪めた。

「何を言って…」

言い掛けて咲は言葉を詰まらせた。

獣の様な視線を向ける小林のすぐ後ろ…いや、顔のすぐ横に揺らめく黒い影…。

(な、何?)

鳥肌が立ち恐怖が全身に広がっていく。

膝がガクガク揺れると、そのまま後退りして咲は崩れる様にベッドに座り込んだ。

(……助けて…洸…)

体育館の外側にプレハブをくっ付けたような、小さな更衣室がある。中はあまりに狭いため、次のクラスと鉢合わせすると、満員電車のように身動きが取れなくなる。

それが上級生と下級生だった場合、最悪だ。

女子生徒から何度もクレームが出たのだろう。もしかしたら、下級生が半泣きしながら訴えてきたのかもしれない。今では、男子更衣室も女子に占領され、男子達は体育館の隅に追いやられている。

そんな訳ありの更衣室と体育館を繋ぐ、石畳の通路で直と洸は息を切らした渚とばったり鉢合わせした。

「あっ、洸くん！」

余程、慌てて着替えたのだろう、制服のリボンは上の方が短く引っ繰り返り、横で短く編み込んでいた髪はくしゃくしゃに乱れていた。その腕の中にはもう一着の制服が一式が抱えられていた。

「さ、咲ちゃんは？」

同時に直の手がスッと伸びた。

「あ……」

有無を言う間もなく髪留めに指を掛けると、するりと取り上げる。

「ほら、リボンも」

直は顎をクイッと動かして目配せをすると、さっさと器用に髪を結び始めた。

「あっ、ごめん」

渚はわたわたと抱えていた制服を脇にしまい、リボンを結び直す。

そんな朝の光景を想起させるやり取りを見ながら洸は微笑ましい気持ちになった。

「咲は大丈夫、心配ないよ。今、保健室で寝てるから」

「そう…。良かった」

渚は洸の言葉にホッと胸を撫で下ろした。

「僕は一足先に様子を見に行ってくるから、渚は教室に戻って咲と僕のカバン取ってきてくれる？」

「うん！　分かった」

渚は結び終えたリボンをポンッと叩いて得意気な笑顔を浮かべると、洸がグッと親指を立てた。

するとまるでそれが合図かの様に渚はくるりと向きを変えると、子犬の様に飛び出した。

「行くよ！　直くん」

「えっ？　俺？　ちょっ、ちょっと！」

直の言葉は渚の耳には入っていない。

手首をがっちり掴まれて、困り眉毛の直が見る見る遠ざかっていく。

「あーあ。途中まですっごく男前だったのに。…いや、あれはオカンか」

洸は苦笑しながら本校舎に消えていく二人の背中にひらひらと手を振った。

「さてと…」

振り返った洸の足が一瞬、竦んだ。

「うっ」

引き攣った口元から思わず声が漏れた。

険しく見据えた視線の先には、今まで見たことのない程の禍々しい厚い雷雲が物凄い勢いで学校に迫っていた。先程とは明らかに質が違う。灰青の巨大積乱雲は瞬く間に、青空を呑み込み、大地に影を落としていく。

「な、何だあれ」

「見てー。気持ち悪い」

気付いた生徒達が騒めき始める。

(助けて…洸)

その時、微かに声が聞こえた気がした。

「咲……なのか?」

返事の代わりに、空を切り裂くように稲妻が走った。そして、閃光が目にも留まらぬ速度で落ちた。

瞬間、爆撃を受けたような大音量の爆発音が、生徒達の悲鳴と共に、その場を支配した。

落雷を受けた通りの桜の木がメキメキと燃え広がり、グラウンドのフェンス越しに押し寄せているのが見える。

「どうした…何やってる…」洸は声を震わせ、「咲!!」次には全力疾走で駆け出した。

(何で早く気付かなかったんだろう！

さっきから胸騒ぎはしていたのに！)

嫌な光景だけが目に浮かぶ。

―はやく、はやく―気持ちばかりが先を行く。

「落ち着くんだ、咲」

半ば祈りの様に何度も何度も呟き、保健室へと走り続ける。

(今度こそ…今度こそ、もうダメかもしれない…)

絶望と不安で激しく打ち続ける心臓の鼓動。血が滲むほど唇を噛み締めて洸は走り続けた。

「咲!!」

―ポタポタ…。

白いシーツに鮮血が広がった。

「くっ…」

小林は両手で顔面を覆い、弾かれるように後ろに飛び退いた。

「ハァハァ…」

肩で息をしながらベッドから抜け出す咲と視線がぶつかる。

「いいのか？」

小林の左頰の皮膚は頰骨を沿って三カ所斜めに抉られている。浅黒い肌に真っ赤な血が流れ、ついには中に着ている白い布にも色を付けた。小林は流れる血をペロリと舐めた。

「な、何？」

咲は押さえ付けられた時に出来た手首の痣を摩りながら、瞬時に保健室の配置を分析した。出入口は左右前後で四つ。咲から一番近いのはグラウンド側の左後方。左の壁は全面窓ガラスとなっていて、もしかしたら、誰かこの異常事態に気付いてくれるんじゃないか、そんな淡い期待も込めて、視線を少し左に移動した。

（左はダメだ！）

咲はすぐに心の中で呻いた。まず、左には、養護教諭専用の机と椅子がある。加えて、引き戸には外側から侵入されないよう、しっかりと鍵がかかっている。

小林と三メートルもないこの距離で、障害物を避けながら、脱走するのは不可能に近い。

そして左右前方は、小林のテリトリー内だ。

（それなら…）

視線は小林を捉えながら意識は右後方を探った。

（左より距離はある。でも、障害物はソファーだけ…）

頭の中でルートを描いていく。少しでも意識を逸らすことができれば、逃げ切れるビジョンはもう見えていた。

（次、こいつが視線を外したら…）

睨み合いが続く中、咲は悟られないように、少しずつ息をはき出し、そして腹を括った。

「どうしたんですか？　何か変ですよ。

先生らしくない」

咲はわざと表情を緩めて、静かに語り掛けた。長い髪を耳に掛け、あくまで敵意がないことを強調した。他に方法があったのかもしれない。それでも女子中学生にはこれが限界だった。

「ふふっ…。俺らしくないか…」

しかし、小林は乗ってきた。敢えて大人の余裕を見せようとしたのか、流れ出る煩の血が鬱陶しかったのか、机の上のティッシュ箱に手を伸ばした。

(—今だっ!!)

咲は右に翻し、ロングソファーを避け、引き戸に飛び付いた。

—ガタン！　と、引き戸が一回大きく揺れた。予想外の反応に咲は目を開いた。

(嘘…！)

引き戸は廊下の明かりが少し漏れ出すくらいの隙間しか動かなかった。

がたんとがたんと引き戸の軋む音だけが、保健室に響き渡る。

(嘘でしょ、嘘でしょ…！)

焦りながら周りを探ってギョッとした。

中央の鍵穴には無残にもへし折られ、潰されたボールペンが突き立てられていた。

(そんなバカな！)

咲の全身の血の気が一気に引いていく。次の策を練る余裕もどこにもない。

(どうしよう、どうしよう、どうしよう)

思考は散らばる。最悪な展開に顔はどんどん青ざめていく。

「お前の考えることなど手に取るように分かるんだよ」

耳の近くでぬるっと絡みつくような声がした。

「いやあぁぁぁ！」

咲の理性は崩壊寸前。

無我夢中で手を振り回し、転げる様に前方の引き戸へと助けを求めた。

その背中に小林のため息混じりの声が突き刺さる。

「お前がダメなら…渚ちゃんでもいいか」

咲の動きがぴたりと止まった。

「……何だと？」

数秒前に半狂乱で叫んでいたことが嘘のように、咲の声色には恐怖が消え失せた。

「聞こえなかったのか？　お前の大切なお友達に身代わりになってもらうって話だよ。俺に気に入られれば、あの子も幸せになれるし」

「どういう意味？」

背を向けたまま咲は聞き返した。

小林はそんな咲の様子を少し残念そうに眺めながら、「気が付かなかったのか？」と、回り込んできた。

「クラスの女子共はみんなバカばっかりだよな。お前達二人の噂もほんのちょっと火種を投げただけで面白いように広がったっけ」

小林は、その一連の流れを思い出して、さも愉快そうにゲラゲラ笑い声を上げた。

（おかしいと思った。冷たい目は向けられていた。拒絶も確かにあった。それでもあんな過激に反応する子達ではなかった…。顕著になったのは、こいつが担任になった後から…）

　血が迸る。脳みそが染み出た血で浸かってしまったかのように、視界は赤く濁っていく。今すぐにでも頭の線が切れて、溜まっていた血が溢れそうだ。

「お前か…お前が全て…」

　覚えたのは強烈な殺意。

「渚ちゃんだったら、お前を助けてやれるって言ったら、素直に言うこと聞くんだろうなー」

　咲の肩は震えている。赤が支配する脳内で浮かぶのは、親に置いて行かれた時の渚の泣き顔だった。

「あれぇー？　泣いてるの？　咲ちゃ…」

「気安く…」

　覗き込もうとした小林の言葉を遮って漆黒の髪が空を切った。

「気安くあの子の名を呼ぶな――！」

　響き渡る怒声と共に顔を上げた咲のその目には激情の炎が宿っていた。

　そこにはもう恐怖に逃げ惑う、か弱き少女の姿はない。

窓の外にはいつの間にか雷雲が立ち込め、まるで咲の心情を表に引きずり出したかの様な雨が窓ガラスを激しく打ちつけ、室内の蛍光灯は点滅し、警報を鳴らしている。

「小林!!!!」

咲の咆哮に小林の体はまるで、雷が脳天を貫通し、全身に電流が走っていくような感覚に襲われた。

「ほ、本当にお前は可愛げがないよな」

強がって発した声が上擦り、動揺が滲んでいる。

「お前らみたいな勝手な大人がいるから私達みたいな子どもが増えるんだ」

真っ黒な瞳が瞬きもせずに小林を追う。

「お前なんか教師を名乗る資格はない!!」

耳を劈くような落雷の轟音と共に咲の声も響き渡る。凄まじい憎悪と威圧感に小林の本能も遅れて警報を鳴らした。

「やめろ…やめろよ！」

恐怖に顔を引き攣らせ、小林は腕で顔を隠しながらよろよろと後退する。

「そんな汚物を見るような目で俺を見るな！　近づくな！」

大きな作業机に太腿がぶつかる。金属音と共に机の物が散乱した。

「ああ！」

小林は絶望的な声を上げた。

それでも咲の追撃は止まらない。眼球は血走り、小林を見据えてくる。

「誓え。渚には手を出さないと」

「……うう」

窮鼠猫を噛むというように、窮地に立たされた人間も何をし出すか分からない。

今の小林は教師という立場も後のこともすべて消え失せ、『恐怖』という二文字に支配されていた。

「うわあぁぁ！」

小林は散乱した道具を掻き分け、ハサミを握り締めると、咲の細い首を鷲摑みにし、力任せに突き飛ばした。

ダンッ！　と、激しい音と共に咲の身体が跳ね、臀部と右上腕骨に激しい痛みが走り、身悶えた。

「つっ……」

長い黒髪がまるで生き物の様に床板に波打つ。

「化け物！　化け物！　化け物――！」

小林はその髪を無造作に摑み上げると、奇声を上げながらハサミを振り上げた。

―その刹那―〈ドクン〉咲の体は大きく脈を打った。

心が高ぶる…体が震える…血が騒ぐ。

―誰かが遠くで呼んでいる。

―――カンケル―――！

「あああぁぁぁ!!」

蛍光灯の破裂音と共に外では積乱雲の中で稲妻が走り抜けていく。同時に咲の身体もバチバチと音を立て、一気に閃光を放った。

「ぎゃあああああああ!!」

手に持っていたハサミは投げ出され、小林は絶叫を上げて吹っ飛んだ。

すべてを黙らせた。男の叫びも遠くで聞こえた悲鳴も雷鳴も雨音も、今は聞こえない。この瞬間、世界は確かに沈黙をした。

電子的な光を失った薄暗い室内の一角がゆらりと動いた。やがて雷光を纏ったように、青い電気火花を散らした青白い顔の少女が、何事もなかったかのように立ち上がった。

長い黒髪を左右にうねらせ、首を傾かせ覗く彼女の瞳は正気を失っていた。

「ああぁぁぁ！」

「咲!!!!」

その時、飛び散った電気火花の爆音と共に、保健室の引き戸から息を切らした顔面蒼白の洸が飛び込んで来た。

「咲！　目を覚ませ！」

走り寄ろうとした洸の足先に乱反射した雷撃がぶち当たる。

「くっ…」

「わあああぁぁぁー！」

獣のように叫びながら怒りを爆発させる咲を前に、洸は成す術がなかった。


「イタッ！」

―パリンッ！　と、狭い店内にガラスの割れた音が響く。左目を押さえ、海はその場にしゃがみ込んだ。

「ね、姉さん…大丈夫かい？　ケガはない？」

そう言いながら近付いて来る双子の弟、空もやはり苦痛な表情を浮かべ、右目を押さえながら足元をふらつかせていた。

「大丈夫よ。心配ないわ」

「それより…」と海は空の頬にそっと手を伸ばして、引き寄せた。

「空もなの…？」

姉弟揃って突如、襲われた不思議な痛みに二人は戸惑いの色を隠せない。

「見せて」

「う、うん」

海はそっと右目を押さえていた空の手を外した。

空がゆっくりと瞼を開くと…。

(―な、何これ…)

その瞳を覗き込んだ海は戦慄した。

いつものキャラメル色の甘い色は消え、その右目には夕焼けの様な暖色を混ぜ合わせた燃える瞳が揺らめいていた。

「ね、姉さん…。僕、目がおかしくなったのかな？」

空の声は微かに震えている。

「そ、そんなことないわ！　確かに少し赤くなっているけど…」

動揺させまいと海は何とか冷静を装おうとした。しかし、空は「違う！」と、首を横に振った。

「姉さんの目だよ！」

「えっ…」

震える空の唇は小刻みに動くばかりで、その後は言葉にならない。

「空、どうしたの？」

言い知れぬ不安に駆られた二人は、手を取り合ったまま何かに導かれる様に静かに振り返った。

低く差し込む西日に照らされ、光り輝くアルミのシンク板に映し出された、それは…。

空の灼熱に燃え上がる夕焼け色の右目、そして海の深海を想起させる深い藍色に輝く左目。二つの瞳が揃った時、別の何かがスーッと揺らいだ。

「うっ！　…あっ…ああ！」

二人は凍り付いた。と、その瞬間、二メートル程のシンク板に暗号のような文字がびっしり浮かび上がり、それは海達の頭の中にも次々と流れ込んできた。

「うっ…なにこれ」

脳みそを直接いじくられたような、強烈な不快感と、その次にやってくる激しい吐き気に二人は堪らず口を手で覆い、蹲った。

(どうしよう、震えが止まらない。

叶うなら今すぐにでも胃の中のものを全部出してしまいたい。いや、それよりも先に空を！)

冷汗が頬を伝いポタリと床に落ちた。

海は恐々顔を上げ、もう一度シンク板を目にすると、先程までびっしりと埋め尽くされていた文字記号は跡形もなく消滅し、自分の左目の色も溶ける様に薄れていった。

「そ、空！」

「ね、姉さん！」

二人は同時に鏡を見るようにお互いの瞳を確認した。全てが嘘のように元通りだ。

空は何度もシンク板に映る自分の目と、隣にいる海を交互に見直している。

（時は近い。思い出して…そして気を付けて。黒い闇が近付いてくる）

もう一度、声が聞こえた気がする。

遠くで扉を叩く音が聞こえる。ここじゃない、心の奥深くで呼んでいる。求められている。

海は冷たくなる自分の体を抱きしめた。

願うのは唯一の家族である空の幸せと渚達の無事な姿だけ。

海はキッチンにある小窓から小さな天を見上げた。

（お父さん、お母さん…どうかみんなを守って）

―バチッ!!と、乾いた音が鳴る。

「………っ！」

咲の身体から放出された火花が洸の頬を掠めた。チリッと肉の焦げた臭いと熱い痛みに洸は一瞬だけ表情を歪める。

そんな様子に咲の唇が小さく震えた。

「咲！　僕のことが分かるんだね」

洸はその微妙な変化に確信を持った。

「いい？　……落ち着いて。大丈夫だから」

ゆっくりと一歩を踏む出す洸と、それに答えるように自らの身体を押さえ付けるように手を回す咲。

(今なら、いけるかもしれない)

洸の負った傷によって咲が正気を取り戻しつつあることに、洸は気付いた。

「咲。いいね？」

「うっう…」

咲は呻き声を上げげた。

気を抜けば今にも弾け飛んでしまいそうなギリギリの均衡が二人の間で保たれる。

洸は慎重に脚を動かしていく。

―あと数センチ―。

洸はそっと咲に手を伸ばす。

—あと、数ミリ—。

咲は紫に変色した唇を痛いくらいに嚙み締めた。

「咲ちゃん!!」

—バンっ!!　という、開閉音と、響いた渚の声に洸の手はピタリと止まる。

(しまった!!)

薄皮一枚の均衡はいとも容易く崩れていく。目の前の空気が一瞬で変わっていくのが分かる。

「渚!!　来ちゃダメだ!!」

「うわあああぁぁぁ!!!!」

洸と咲の叫びは同時。

洸は身を翻して渚の元へと駆け出したが、抑えていた赤紫の火花が弾けるようにその横を通過した。

(—くっ!　間に合わない!)

洸の手は虚しくも空を切った。


「あっ!」

咄嗟に反応した渚。

しかしそれよりも素早く、体が後ろに引っ張られる感覚と、いきなり目の前に現れた四角い物体、そしてその隙間から吸収されていくようにこちらに向かってくる膨大なエネルギーが、視界に飛び込んできた瞬間、その体は後方に吹っ飛んでいた。

「うっ!!」

衝撃音が渚の後方で響き、上半身が二回跳ね上がった。

「渚!!」

洸は慌てて廊下に飛び出ると、直が渚を抱きしめたまま壁に項垂れていた。

その横には破壊されたスクールカバンの中身が原型を留めることなく散乱している。

「直くん！」

直の腕から渚が飛び出した。

ゲホッゲホッ!!　と、咳き込む直。それでも、無事な様子に渚は心の底から安堵した。

「……大丈夫だ」

渚の視線に気付いた直は声を出した。

「よかった…。……ごめんなさい」

直はひらひらと手を振って応じた。

二人の様子に洸も緊張を解いた。

それでも咲の暴走はまだ止まっていない。

体中からエネルギーが飛び散り、咲の悲鳴に共鳴しているかのように、外からは雷鳴が轟いている。

洸は意を決して頷いた。

「渚は直を見てやって！」

「ちょっと待っ…」

渚の声はピシャリと閉められた引き戸の音で打ち消された。

「洸くん!!」

引手を力一杯引く。―が、ビクともしない。（―開かない！）

「洸くん開けて！」

閉ざされた冷たいに壁にしがみつくが、返ってくるのは咲のけたたましい叫び声と爆発音だけ。そして、ヒビの入った高窓ガラスに光の枝が時折、ちらちらと映っている。

（一体、何が起きているの!?）

保健室に飛び込んだ瞬間、渚は命の危機を感じた。一瞬で命を刈り取られる、それが分かった。瞳孔は開き、ストップモーションで映った洸の絶望的な顔と、その後ろにいた白目を剝いた咲の悲痛な顔、目前に迫るエネルギー体が遅れて脳内に再生されていく。

届いた情報を整理しても状況が呑み込めない。ただ、一つだけ分かるのは、咲の身に何かが起こったという事実だけ。

「洸くん！　咲ちゃん!!」

「渚！　こっちだ！」

我を失い、取り乱す渚に直が叫んだ。

ハッと振り返ると、右肩を押さえながらも、直はもう片方の引き戸に近づき指を差していた。

身を翻し、渚はそれに飛び付いた。

しかし、期待も虚しくそれは反発するだけでこちらの侵入を許してはくれない。

「そ、そんな！」

（こんなことしている間にも咲ちゃんと洸くんが…）

最悪な状態が頭を過ったその刹那—

「渚、どけ！」

反射的に避ける渚の視線の端を疾風が横切った。

—ガッシャン!!　と、荒々しく外れていく引き戸に重ねて直の蹴りが入る。

音を立て内側に倒れ込む、ただの物質を唖然として眺める渚の隣に直が立った。

「行くぞ！」

「あっ、体は…」

「大丈夫だ」

直の強がりに渚は口を開きかけたが、すぐに小さく頷いた。

二人は異臭の放つ薄暗い保健室へと足を踏み入れた。入ってすぐに言葉を失った。

パステル調の温かみ溢れる空間は、廃墟と化していた。不安定な床に散乱するガラス、白い壁と天井には大きな亀裂が走り、所々中身が剝き出しになっている。周りは原形を留めていない物体でぐしゃぐしゃだ。これは人ひとりが暴れた跡なんかではない。テロリストに襲撃をされたような、将又《はたまた》、天災に巻き込まれたような破壊の爪痕が残されている。

そんな物騒な世界に彼らは立っていた。

―一触即発。

ピリピリと張り詰めた空気の中、身動き一つできずその場に固まっている洸。

そして渚達の目前には、もう叫び声すら上げる気力の残っていない消耗した咲が、肩で荒い呼吸を繰り返している。

弱った咲の周囲には、彼女を守るかのように光のエネルギーが放出され渚達を威嚇する。

（これは…咲ちゃんがやったの？）

目を疑った。それでもこの目に映し出されたものが確かなら…。

渚は自分のブレザーのポケットを握り締めた。

「さ、咲ちゃん!!」

一瞬、渚の呼び掛けに咲の動きが止まった。—それが合図になった。

渚、直、洸は一斉に駆け出した。

「咲!!」

「咲ちゃん!!」

ひどく怯えた表情を見せた咲の身体を渚と洸が羽交い締めにしがみついた。

次の瞬間…。

「う…う、うわあああああー!!」

「あ、ああああー!!」

顔を歪め、一瞬、声を我慢することも許されず、部屋中に渚と洸の痛苦の叫び声が轟いた。

全身で受ける電流。神経や筋肉を直接鞭で打たれるような熱く痺れる激痛に体が悲鳴を上げる。それでも、咲が最小限に力を抑えてくれていることは、最初に触れた時点で分かっていた。

何度も反射的に身体が離れかける。それでも、咲の身体を手繰り寄せ、しがみつく。

これ以上咲を動揺させまいと二人は必死に歯を食い縛り声を殺そうとするが、頭を下げた額からポタリと垂れる洸の汗。

「っ…ぐっ…うっ…」背後から漏れる渚の苦痛に満ちた呻き声に、表情は見えなくても咲には十分伝わっていた。

「や……やめ…ろ…」

声を振り絞り、やっと言葉を発した咲はつらそうに体を捩じった。

けれど、彼女の願いも虚しく渚と洸の腕には一層力が入る。

直はそんな光景を目の端に映しながらも、まっすぐに倒れている小林正の元へと駆け寄ると、すぐに手首に手を触れた。

「脈が…」

ボソッと呟くと、小林の左胸に自らの耳を当て、やがて、忌々しそうに睨み付けた。

次の瞬間、小林の胸の中央に両手を重ね、垂直に体重をかけ圧迫を始めた。直の目は、小林を捉えず、周辺をキョロキョロ見渡した。その間も小林の上半身は大きく前後している。

「あった！」

棚から落ちた資料と共に転がっていた器具に手を伸ばし、ガチャガチャと中身を広げ始めた。音声が流れる。

「よし、次は…」

爛れた皮膚には目もくれず、直は何かを思い出すかのようにブツブツと独り言を反復し、今度は小林のジャージに手を掛けた。

「な、直!!　お前、何してるんだ!

そんな奴、ほっとけばいいだろ!!」

洸は溜めていった声を一気に吐き出した。

目で見て確認しなくても、洸には直が何をしようと動いているのか薄々分かっていた。

「こいつのためじゃねぇ!!」

直は吐き捨てるように上半身裸になった小林に向かって怒鳴った。

「咲を人殺しにさせないためだ!!」

そして、点滅する器具のボタンを思いっきり押した。

同時に咲と洸はハッと目を見開いた。

「な、お…」

意識が直に向いた瞬間、虚ろだった咲の瞳には光が戻り、放たれていた力が静かに咲の中へと戻って行くのが感覚で分かった。

「咲!!………やった…」

洸はへなへなと腰を付き、渚もフッと手の力を緩めた。「咲ちゃん…」

「渚…」

途端に力んでいた咲の体から急に力が抜け、膝が崩れた。

「あっ…やべっ」

咄嗟に洸は咲の下に滑り込み、前のめりに倒れる彼女を受け止めた。

しかし限界を超えていた彼の小さな体はそれ以上支えることができず、咲を抱きしめたまま眠るような体勢で床に倒れ込んだ。

「チェッ…カッコわりーな」

そう呟く洸の顔は、言葉とは裏腹に満足げな笑みを浮かべていた。


「ああ、咲ちゃん。良かった…」

二人がバタバタと倒れていく様子をぼんやりと眼下で捉えながら、半分気力だけで立っていた渚の張り詰めていた糸がプツンと切れた。

完全に薄れていく意識の中、渚は直に手を伸ばしたが、肝心の直は小林の対応に夢中で全く気が付いていない。

「よし！　もう大丈夫だ。なぎ…さ」

ようやく振り向いた直の視界には、スローモーションで後ろに崩れ落ちて行く渚の姿が…。

「な、お、く…」

力ない唇は微かに自分を呼んでいた。

「なぎさー‼」

必死に伸ばした手の先には絶望的な光景が…。

渚の後方には激しく飛び散ったガラスの破片が鈍い光を放っていた。

「なぎさあああああー‼」

直の絶叫と共に、割れた窓から大風が傾れ込んできた。

赤褐色に燃え上がる髪が逆立ち、直の口から何かが叫び出しそうに天を仰いだ！

「おおーっと、危ねー」

次には、緑色の大男の腕の中に渚は収まっていた。

「ふい〜〜！　間に合ったねえ」

気の抜けた台詞に直はガクリと手を突いた。

「やあやあ」

日に焼けた健康的な肌に白い歯を光らせ緩い笑みを浮かべているこの男は…。

「村山鷹！」

直は驚きの声を上げた。

「ピンドーン！　大正解～」

「お、お前！　何でここに！」

「お仕事さ～」

緊張感のない答えは先程まで極限状態にいた直をイラつかせた。

よく見れば緑色の作業着の胸ポケットに大きなネームプレートが光っている。

――［用務員　村山］

「お前！　ここの用務員だったのか!?」

「飽くまで臨時だけどね。り・ん・じ」

片目を瞑りにやりと笑うと「よいしょっ」と、渚を抱えたまますくりと立ち上がった。

「えらい散らかしてくれたな～」

周りを見回すと〈散らかした〉などという言葉ではまず済まされない惨状が広がっている。

「う…あっ…えっと」

直は言葉に詰まった。言い訳など考える暇もなかった。頭の中は最早真っ白だ。

「うっ…」

洸もどうにか顔を上げて、何かを言おうとしている。すると…。

「まあーいいわ！　お前ら早く帰れや」

「はっ？」

二人は目を丸くして鷹を見つめた。

「ここは、そーホレ、オイラが何とかしとくから」

鷹は「任せろ」と、意気揚々と胸を叩いた。

「で、でも…何とかって…」

直は言いにくそうに口籠もった。

「まあまあまあ。とにかく大事なのは女の子ってことで、ホレッ」と、鷹は抱えていた渚を直に向かってポンと受け渡した。

「うわっと！　…危ないだろ！」

直は足場の悪い床に足を取られ、ふらつきながら必死に渚を抱きとめた。

「そこに転がってる洸ちゃんも、彼女をもっと安全な所に連れて行ってやんなよ」

鷹は首をくいっと傾けて倒れている洸に向かってにやっと笑った。

「えっと、でも…」

洸も気まずそうに口籠もりながらチラリと視線を移した。

その先には上半身剝き出しで、火傷を負ったまま転がっている男がいる。

（流石にこれは誤魔化しきれないだろ）

　二人は唾を飲み込んで事件の発覚を覚悟した。しかし、「ああ、あれ？　あれね」

鷹は特に驚いた様子もなく、さらっと流した。

「〝あれ〟？」直と洸の声が重なる。

「大丈夫、大丈夫。あれも何とかしとくから」

「はっ…？　えっ、あれって」

　あまりの緩すぎる反応に二人は逆に困惑し、言葉に詰まった。

「まあまあ。男はごちゃごちゃ言ってねーで早く行けって」

　そう言うと鷹は強引に四人を廊下に押し出し、ピシャリとまだ生きている引き戸を閉めた。

「ばいばーい」

　しーんと静まり返る廊下にポカンと立ち尽くす二人。

「なっ…何なんだ一体…」

　その時、咲が小さく「うっ…」と、声を発した。

　それを聞くと「とにかく行こうか、直」洸はふらふらと歩き出した。

「村山鷹…。アイツ何なんだ」

　直が呟いた時、ガラッと再び保健室の引き戸が開いて鷹がひょっこり顔を出した。

「え？」

「あー、お前！　そっちの小っちゃいの。家に帰ったらお前もちゃんと手当てしてもらえよー！　やっぱ流石だな兄ちゃん！」

そう言われて振り返った洸の背中を見て直はギョッとした。

背中や腕に無数のガラスが刺さり、黒のベストからのぞく白シャツは真っ赤に染まっていた。

「洸、お前…」

「ああ…心配すんな。でも、咲には内緒な」

ニッと笑ったその笑顔はいつもの愛らしい洸だったが、先を行くその背中はいつもの倍以上に大きく感じられた。

「洸…」

普段は決して見せない彼の本当の姿を見た気がして、直は洸を尊敬すると同時に、

（俺は渚に同じことをしてやれなかった）という後悔の念に胸が痛くなる。

腕の中でスヤスヤと眠る渚を見つめながら（もっと強くなりたい）と、願うのだった。

「お大事にねー」

ひらひらと手を振り、緩い笑顔で四人を見送る鷹。

その姿が完全に消えたことを見届けると、その表情は一変した。

引き戸を閉めて振り返ると、そこには非日常の惨状が広がっている。

それを鷹は鋭い眼光で見渡した。

「時は満ちた…か」

そう呟いてガチャガチャと散らばったガラスや木の破片を足で掻き分けながら進むと床に転がる〝あれ〟を足で突っついた。

「愚かな」

美しい低音が廃墟によく響く。

「ほんの少し心の奥を揺さ振られたくらいで欲望を剥き出しにしてしまうとは、何千年経とうとヒトとは愚かな生き物よ」

靴底でその横顔を踏み潰しながら、鷹は忌々しそうに吐き捨てた。

窓の外からは、サイレンの音が、けたたましく鳴り響き、グラウンドには状況確認とその後始末に追われる職員達の声が響いている。

うーんと背伸びを一回。

「ふう〜〜〜。まあ、とにかくちゃちゃっとやっちゃいますかね」次には、いつもの穏やかな鷹の顔に戻っていた。

料金受取人払郵便

新宿局承認

1408

差出有効期間
2021年6月
30日まで
（切手不要）

郵便はがき

1 6 0-8 7 9 1

1 4 1

東京都新宿区新宿1－10－1

（株）文芸社

愛読者カード係 行

ふりがな お名前		明治 大正 昭和 平成 年生 歳
ふりがな ご住所	□□□-□□□□	性別 男・女
お電話 番 号	（書籍ご注文の際に必要です）	ご職業
E-mail		
ご購読雑誌（複数可）		ご購読新聞 新聞

最近読んでおもしろかった本や今後、とりあげてほしいテーマをお教えください。

ご自分の研究成果や経験、お考え等を出版してみたいというお気持ちはありますか。

ある　ない　内容・テーマ（　）

現在完成した作品をお持ちですか。

ある　ない　ジャンル・原稿量（　）

書　名			
お買上 書　店	都道　　市区 府県　　郡	書店名	書店
		ご購入日	年　月　日

本書をどこでお知りになりましたか?

1.書店店頭　2.知人にすすめられて　3.インターネット(サイト名　　)

4.DMハガキ　5.広告、記事を見て(新聞、雑誌名　　)

上の質問に関連して、ご購入の決め手となったのは?

1.タイトル　2.著者　3.内容　4.カバーデザイン　5.帯

その他ご自由にお書きください。

(　　)

本書についてのご意見、ご感想をお聞かせください。

①内容について

②カバー、タイトル、帯について

弊社Webサイトからもご意見、ご感想をお寄せいただけます。

ご協力ありがとうございました。

※お寄せいただいたご意見、ご感想は新聞広告等で匿名にて使わせていただくことがあります。

※お客様の個人情報は、小社からの連絡のみに使用します。社外に提供することは一切ありません。

■書籍のご注文は、お近くの書店または、ブックサービス(0120-29-9625)、セブンネットショッピング(http://7net.omni7.jp/)にお申し込み下さい。

「ふ〜ん。コレを使ったのか」

鷹は小林正の周りに散らばっている、備品を興味深そうに手に取った。

「でも…敵をも助けようとするその優しさが直の命取りにならなきゃいいけど」

そう言い捨てると、小林の上半身を起こした。背中に膝を宛がい、スーッと息を吸うと一気に力を込めて押し出した。

「ふんっ！」

「がはーっ！　げほげほげほ…」

激しい咳込みと共に小林は意識を取り戻した。

「な、何！　俺は……どうして！　…あいつー」

「まあまあまあ。落ち着いて下さいよ！」

鷹は興奮する小林の肩に手を掛けて目をジッと見つめた。

「何だ、お前は！　誰だ！　はなせー」

そのまま左手で小林の頬を鷲掴むと、右手を額に伸ばした。

「何をするつもりだ！　やめろ！　やめっ…」

トンッと中指と人差し指を宛がうと、そのまま力を込める。

「ひっ！」

恐怖に顔を引き攣らせたのは一瞬。

すぐに人形のように無表情へと変わった。

『強制忘却』

言葉と共に、ズブズブと指が沈み込み、第二関節が埋まった段階で、小林の耳に唇を近付けた。

『お前は何も見ていない』

「ハイ…」

お人形は静かに答えた。

『ここで何もなかった』

「ハイ…」

「ワタシハナニモシラナイ　ナニモミテイナイ」

お人形は主人の言葉を反復した。

「そう、いいね。上手、上手」

鷹は取って付けたような言葉を吐いた。

「ハイ…」

それでもお人形は嬉しそうに口角だけを上げた。まるで人間の真似事をしているかのようだ。

「んじゃ、服を着て帰りな」

そのまま指を引き離すと、鷹はペイッと小林の背中を押した。

「ハイ…。ワタシ、カエリマス」

小林は、直に捲り上げられた半袖を戻し、ふらふらと出口へ歩いて行こうとした。

「あっ、おい！　上着は？」

鷹がひょいっと黒ジャージを摑んで小林に投げた—刹那—

閃光が唸りを上げて窓から飛び込んできた。鷹は小林を吹っ飛ばし自分も一緒に倒れ込んだ。

見上げると亀裂の入った黒板に小林のジャージがぶら下がっている。

そこには白羽の矢が深々と突き刺さっていた。

「くっ…」

(これは明らかに殺意に満ちた矢。

それも狙いは…こいつか！)

鷹は横目で人形を睨み付けた。

「ワタシ、カエル…」

ぶつぶつ呟きながら小林は立ち上がり、その上着を取ろうとふらふら近付いて行く。

「あっ、バカ！」

咄嗟に鷹が膝の関節に箒の柄を引っ掛けた。放物線を描いて倒れてゆく小林の鼻先を矢風が掠めていく。矢は美しい弧を描いてポスターに刺さっていた。

「ちっ！　シャレになんねーな！」

鷹は素早く黒板に突き刺さっている矢を引き抜き、服を引っ手繰ると「さっさと行け！」ジャージ諸共小林を外に叩き出した。

「ふう…」

そして、その矢を持ってバリバリに砕けた窓辺に近付き視線を外に走らせた。

厚ぼったい積乱雲は去り、辺りはもう夕方になっていた。職員達は保健室が見えないかのように、外の作業に追われている。

真っ赤に染まる夕焼けの中に被害を避けた大きな桜の木が数本、逆光に照らされて黒々と立っているのが見える。

その木の太い枝にやはり真っ黒な人影が二つ…。—と、鷹の姿を見てその一つがスッと闇に消えた。

しかし、残りの一つはピクリとも動かない。かと言って気配を消している感じでもない。それどころか、こんなに離れていても痛い程の殺気を送り込んでくる。

真っ赤な夕日と同じ瞳を燃え上がらせ、影は目一杯引き絞った弓を鷹に向けていた。

「やれやれ…」

鷹は呆れたように一端、目を瞑りそしてカッと目を見開いた。

鷹の瞳からは神々しい太陽の如く輝きが溢れ出し夕日の光を弾き返した。

その光に一瞬、相手が怯んだ隙に矢に言葉を吹き掛けて指で弾いた。

矢は風を切り、目にも留まらぬスピードで射った相手に向かって返って行く。

纏っていた黒い布が吹き飛び、影は後方へぐらりとバランスを崩した。

落ちそうになるのを必死で堪え、立ち上がったその姿は…。

輝く銀髪にルビーのような赤い瞳を持つ美しい鬼神。

「ほう…」

鷹は唇をわざと見える様に動かし小さく呟いた。

『そんなに怒んなよ』

『渚はちゃんと守ったろ』

そう言ってニッと歯を見せて笑うと、もう一つ引き抜いていた矢に口を付けて、言葉を囁いた。その瞬間、矢は意志を持ち、次は主人の足元を射抜いた。

太い頑丈な枝は呆気なく砕け散り、男も足場を失い空へ投げ出された。

大木の枝々が折れる音が響き、野鳥の群れがギャーギャーと大騒ぎしながら飛び立って行った。

「許せよ—鬼の子」

豪快に笑い声を上げると、鷹はくるりと教室に向き直し指をパキパキ鳴らした。

「さあー、おっぱじめましょうか！」

暗くなり人影も疎らになった学校の一角が発光し、窓ガラスが次々と修復されていく様を見る人間はいなかった。

第三章

―カチャッ…カチャカチャ―

台所からいつもの様に食器の重なる音や水の流れる音が響いている。

包丁で手際よく野菜を切る碧の周りを直が甲斐甲斐しく動き回っている。

あれこれ指示をしながら食事の支度をする碧の横顔が時折ふっと緩むのが見えて、渚はほっと胸を撫で下ろした。

（今日の食事当番、直くんで良かった）

数時間前、ボロボロになって帰宅した子ども達を見て碧は悲鳴を上げた。

青ざめた顔でオロオロと慌てふためき、やがてそれは学校への怒りとなって、今すぐ抗議に飛び出さんばかりの勢いになった。

渚はその騒ぎに目を覚ましたが、思う様に動けず、何か話したくてもどう説明をしたら良いのか分からず困惑した。

洸は立っていることすらすでに限界で、咲に至っては屍のようにぴくりとも動かない。

皆がどうすることもできないという、その時…。

「母さん！」

直がギュッと碧の手を握り締めて、少し大きな声で呼び掛けた。

「母さん、落ち着いて」

今度は静かに語り掛けた。

「まずは洸の手当てが先だろ？　話は後できちんと俺がするから…ね？」

その真剣な直の瞳に碧もハッと我に返った。

「え、ええ…。そうね…ごめんね、直」

その後、二人は咲をベッドに寝かせ、埃まみれの渚を先にお風呂に入れさせると洸の手当てに取り掛かった。

風呂と洗面所の対面に位置する、子ども部屋で手当てをしているのか、お風呂に入っていてもその様子がよく聞こえる。

洸の傷の状態がひどかったのか…ヒーヒー言いながらも必死で手当てをする碧と、それを宥めて手伝う直、歯を食い縛って耐える洸の呻き声が嫌でも耳に入り、渚の胸を締め付けた。

「洸くん……」

湯気立つ湯船に首まで浸かりながら、渚は嵐のように過ぎた今日一日のことを夢の中の出来事のように思い返した。

(アレは何だったんだろう。まさか…全部、咲ちゃんの力なの？　そんな……でも…)

いくら考えても答えなど出ない。

乳白色のお湯に天井のライトがユラユラ映っている。やがてそれが咲の泣き顔に変わっていた。

渚はハッとしてバシャバシャと掻き消すと両手で自分の頬をパシッと叩いた。

(しっかりしなきゃ！)

ザバッと勢い良く立ち上がると「よし！」と、小さく頷いた。


いつもと変わらない会話、いつもと変わらない人達、いつもと変わらない穏やかな風景に心がギュッと締め付けられる。

覚悟を決め、緊張した面持ちで咲の部屋へ向かった渚だったが通りかかった廊下で、この光景が目に飛び込んできたのだ。

(今、一番傷ついて悩んで…不安なのは咲ちゃんだ。私に何ができるのか分からないけど、はやくこの平凡な日常を取り戻してあげたい)

（何があっても傍にいよう。どんなことがあっても咲ちゃんの手を離したりしない）

翳した千歳玉をジッと見つめたその時、見たこともない情景が脳裏を掠めていく。

―荒れ狂う竜巻、激しく打ち寄せる高波、厚く立ち込める暗雲、逃げ惑う人々。

その中に白布を体中に纏い黄金色に輝く少女が、漆黒の髪を靡かせ断崖絶壁の岩山に凛と立ちはだかっていた。

駆け寄りしがみつく、もう一人の少女が叫ぶ。

『どうして！　どうしていつもあなたは!!

自分を守る『勇気』もあるはず！　気付いて、あなたを失ったら私は…』

逆光の中、黒い影がゆっくり振り返る。

そして、しがみつく少女の右手を取ると頬にそっと宛がった。黒髪の少女も泣いていた。温かい涙が手の中に伝って落ちていく。

『失うのではありませんよ』

優しく囁く声が耳に届く。

―と、同時に少女は後方に突き飛ばされ、華奢な体が宙に舞った。

『あぁぁー!!』

引き離された右手が虚しく空を切る。

その指と指の間から切ない瞳を潤ませながら、それでも泣き笑いを浮かべる黒髪の少女が途切れ途切れに見えた。

『天を這う漆黒の雨雲。怒りに唸りを上げる雷鳴は卑怯者の腸を腐らす。大地切り裂く雷は全ての悪を滅却す―』

最後に雷の化身は愛を呟くように謳った。

『さあ呼んで、もう一度、私の名を―』

そして、絶壁の彼方に舞うように飛び出した。『カンケル――――!!』

「ああぁぁー」

気が付くと渚は廊下の隅にへたり込んで冷たい床に手を突いていた。

手足はまだガクガク震えたままで涙が溢れて止まらない。心臓がバクバクと破裂しそうに高鳴っている。

「なに？　何なの、今のは…」

訳も分からず戸惑う渚。

しかし、ただ一つ心に浮かんだ確かなことがあった。

「…咲ちゃんの所に行かなきゃ」

直達の邪魔をしないよう渚はそっとダイニングのドアを閉め、暗い廊下に視線を移した。

「もうこんな時間なんだ…」

片隅の古い柱時計が七時過ぎを指している。

静まり返った空間に忙しなく揺れる振子の音がやたらよく響く。

ギシギシと階段を上がる自分の足音も今日はやけに鮮明で緊張感を煽った。

二階には、部屋が七部屋ある。階段側に三部屋と、向かい側に四部屋だ。通路の奥には大きなベランダが続いている。渚は、階段側の中央の部屋の前で足を止めた。

普段は気にもせず自由に開けていたドアが今は別世界の入口の様に重々しく、立ち塞がっている。

渚はドアノブを摑もうとしている右手がカタカタと震えているのを見つけて苦笑した。

(…咲ちゃんのことで震えるなんて…バカみたい)

思いもしない体の反応に戸惑いながら、それでも思いは逆に強く渚を突き動かした。

(今日のことなんて大して恐くない！

咲ちゃんがこのまま目の前からいなくなっちゃうかもしれないと思う方が、ずっと恐ろしいよ…)

渚は小刻みに震える唇をギュッと噛み締め「ふぅ…」と、深く息を吐くと、一呼吸置いてからドアをノックした。

耳心地の良いノック音が廊下に響く。

「咲ちゃん？」

平静を装ったつもりだったがやはり少し声が上擦る。渚は軽く咳払いをした。

「咲ちゃん」

「咲ちゃん、そろそろご飯ができるよ！

今日はね、咲ちゃんの大好きなグラタンだよ！　直くんがね、真っ赤な目をして必死で玉ねぎ剝いてたよー。

グリーンピース入れる、入れないで碧さんと喧嘩してんの。子どもみたいでおかしいよねー」

そこまで一気に捲し立てると息が切れた。

（ちょ、ちょっとワザとらしかったかな？）

しかし…目の前のドアは無言のまま固く閉ざされ、渚を拒絶していた。

「咲ちゃん…」

小さく呟いても咲からの返事はない。

「…咲ちゃん！　まさか！」

ハッと嫌な予感が頭を過り咄嗟に渚はドアノブに飛び付いた。

「あっ」

力一杯引こうとした両手を一回り大きな手のひらが包み込み、それを制止した。

驚き振り返る渚の視界に薄茶色の大きな瞳が飛び込んだ。

「こ、洸くん！」

洸は黙って首を横に振ってドアノブから渚の手を静かに引き離すと、自分の胸元でもう一度ぎゅっと握り締めた。

「大丈夫だよ……渚」

「で、でもっ」

洸は熱く火照った頬を緩ませてふわりと優しく微笑むと、自分にも言い聞かせるかのようにきっぱりと言った。

「きっと咲は大丈夫！　信じてもう少し休ませてあげようよ」

見つめるその瞳は力強い光が揺らめいて、普段見たことのない大人びた洸がそこにいた。

いつもはふわりと風に靡く、瞳と同じ髪も今は濡れて額や首筋にペタリと張り付き、男らしい骨格を浮き彫りにしていた。

タオル一枚羽織っただけの胸元は意外と筋肉質で……。

「ああ！」

渚の声に洸はビクッと体を反応させた。

「こっ、洸くん、まさかおっ、お風呂って…！」

「ちょ、ちょっと渚！　しー！　しーっ！」

洸に口を押さえられながら二人は咲の部屋から離れ、階段の隅に転がり込んだ。

「渚！　声でかいよ！」

苦しそうにびしびしと洸の手を叩く渚に洸はようやく気が付いた。

「あっ…ご、ごめん」

洸は慌てて手を離した。

「ゲホッゲホ…」

渚は噎せ返りながらもチラリと洸を見た。

「本当にごめん。でも咲には怪我のことあんまり聞かれたくないいんだよ」

「私こそごめんね、大声出して。でも…怪我は大丈夫なの？」

今度は咲に聞こえない様に小声で呟いた。

「うん、直達が手当てしてくれたからね。それにほら、あのままじゃ気持ち悪いじゃん？　お陰でスッキリしたよー」

いつもの無邪気な笑顔が答える。

（あのままって……）

（…そっか、あのままじゃ咲ちゃんが起きた時びっくりしちゃうもんね…）

渚には真っ赤に染まった白いシャツと、叫び出しそうな程の痛みに耐えてシャワーを浴びる洸の姿が目に浮かんだ。

これ以上傷ついた咲の心の負担にならないようにと取った、洸の優しさが胸に込み上げてきて目頭が熱くなる。

「洸くんはカッコイイね」

「へっ？」

突然の言葉に目を真ん丸にしてキョトンとした洸だったが、すぐに元の口調で切り返した。

「えへへー、何だよー本当のこと言っても何も出ないよー！」

「またぁー」

二人は小さく笑い合った。

「とにかく…」

洸は急に改まった表情で呟いた。

「今はそっと一人にしてあげよう。咲なら大丈夫だよ。僕達の家族だもん」

「う、うん」

洸が言った【家族】という言葉がやけに渚の心に染みた。

トントンと、誰かが軽快に階段を駆け上がってくる音が響く。

「おーい！　飯できたぞ！」

暗い階段からエプロン姿の直が顔を出した。

「ああ？　お前らそんな所で何してんの？」

仏頂面に絆創膏がやけにマッチして試合直後のボクサーみたいだ。

「洸も！　いつまでそんな格好してんだ！

風邪引くだろーが！」

「はいはい。おっかねえオカンが来たから僕は着替えてきまーす」

くるりと背を向けると、ひらひらと手を振りながら洸は向かい側の三番目の部屋に入って行った。

「なあ」

「ん？」

渚は直に視線を移動させた。

「洸と何、話してたんだよ」

直は渚の顔をまじまじと覗き込んだ。

「べ、別に何も」と、渚は目を泳がせた。

すると直は、もう二段上がり、徐に渚の額に軽く指を弾いた。

「イタッ」条件反射のように出た言葉。渚は「直くん…?」と、不思議そうに直を見つめ返した。行動とは裏腹に赤褐色の瞳は、とても優しげで、どこか心配そうに揺らいでいた。

「『別に何も』だったらそんな顔すんな。

お前がそんな顔してたら咲が困るだろ」

「直くん…」

「咲は大丈夫だ。俺達家族が付いているからな」

また心臓が握られたように、ギュッと心が締め付けられる。渚のそんな表情に直は少し口元を緩ませた。

(【家族】…。洸くんも同じことを言っていた)

渚はそのことが嬉しくて…嬉し過ぎて泣きそうな笑顔になってしまった。

「べそかいてんじゃねーよ。飯しっかりと食ってシャキッとしろよ」

直はそっぽを向きながら渚の頭をグシャグシャと撫でた。

「直くん…」渚は嬉しそうに呟いた。

「何だよ」直は照れくさそうに横目で渚を捉えた。

「直くんってやっぱオカンみたい」

ガクンと階段を踏み外しそうになるのを必死で堪えて、直は複雑そうに頭を掻いた。

「……バカヤロ」

「行くぞ」

直が渚の手を取って先に階段を下り始めた時、後ろから「あっ、待って！」洸の声がした。

「僕も一緒に行くよ」

その声に振り返った瞬間、渚はぐらりとバランスを崩した。

「あっ！」

片足を踏み外して体は大きく傾く。

細い指先がするりと直の手からすり抜けた。

「くっ…」

「渚！」

天井がぐるんと回転する。

（ああ、落ちるっ！）

覚悟したその時、鈍い痛みと共に重力を無視して上へと引き戻されていく。

逆再生の如く戻って行く景色の中で、自分の手首を摑んでいる者の姿が見えた。

「洸くん！」

「渚！」

開いた瞳孔に互いが映る。視線がぶつかり合ったその刹那！　二人の身体に電流が走った。

「あっ、あっあっー」

「痛っ」

見覚えのある絶壁、吹き荒れる暴風、荒れ狂う高波…そこに美しい少年の姿が…。彼は笑っていた。迷いを断ち切ったその勇ましき英雄は、次には大地を蹴っていた。

それらの映像が瞬時にフラッシュバックして二人の脳裏を駆け抜けた。

互いの瞳の中に広がった別世界の景色が二人を呑み込む。

人々の悲鳴、叫び声が入り混じり一気に脳内に傾れ込んでくる。

「うっぐっ…つっ！」

強烈な目眩と吐き気が全身を襲う。

意識が飛びそうになった時、波が静かに引いていく様にサーッと現実の景色が戻ってきた。

「……っ？　えっ？　なに？　今の」

気が付くと渚は洸の胸の中にいた。

「ご、ごめん。私ボーッとして……て」

一瞬幻を見たのかと思った渚だったが、物凄い速さで打ち付ける心臓の鼓動と握り合っている手の震えが、二人一緒のことに気が付いた。

「洸くん？」

ハッと我に返った顔をして洸はぱっと手を離した。瞳孔はまだ開いたままだ。

「ご、ごめん、大丈夫？」

「う、うん」

二人共何か言いたいけれど言葉が出てこない。

「痛かった？　ごめん……強く握り過ぎちゃったみたいだね」

渚の手首には洸の指の跡がくっきりと赤く残っていた。

「ううん、大丈夫。ありがとう」

「おいっ！　お前ら！」

下から直の声が響く。

「へ、変だぞっ！　さっきからふ、二人共！」

洸はちらりと下に視線を送ると「ぷっ」と吹き出した。

「変なのはお前の方だよ！」

その言葉に渚も振り返ると、もう一度ずるりと落ちそうになった。

「あはははは っー!!　直くんその格好！」

落ちてくる渚を咄嗟に受け止めようとしたのだろう。

片膝を突き片足は下に踏ん張り、両手を大きく広げて前傾姿勢で階段にへばり付いている…ロミオとジュリエットを連想させる体勢に渚も堪らず声を上げた。

「う、うるせえっ」

爆笑する二人にぷいっと背を向けて首まで真っ赤になりながら、直は憮然と廊下へ下りて行った。

「お前ら飯抜きなっ！」

「あー！　うそうそ！　直くんありがとう！」

普段クールで不器用な直が必死で自分を助けるために体を張ろうとしてくれたことに、渚の心はほっこり温かくなった。同時に助けられてばかりの自分にもどかしさも感じていた。

（さっきのことはまた考えよう。

きっと疲れてたんだよね…今はとにかく咲ちゃんのことを第一に考えなきゃ…）

そっと隣に視線を移すと、どうやら洸も渚と同じ気持ちでいるようだ。笑っているけれど、その眼は別の方向を見ている。

不安な想いをそっと心の隅に仕舞おうとする渚だった。

「さあさっ！　ごはん！　ごはん！」

洸はいつもと変わらない調子でダイニングに入って行った。

直は（大丈夫か？）と、いう感じでチラリと振り返りながら開閉扉を手で押さえて、渚を先に通した。渚は「ありがとう」と、笑顔も添えて直に返事をした。

一歩足を踏み入れるとふわりと暖かい空気が流れてくる。

丸い蛍光灯の下で美味しそうに湯気を上げている料理、人数分のグラスとフォークが花柄のランチョンマットの上にきちんと置かれている。

【みんながいる食卓】何年経ってもこの風景は渚にとって特別で一番の喜びであり、安らぎでもあった。それをよく知る直だから、こんな時にこそいち早くこれを見せてあげたかったのだ。

「うわあー。美味しそうだねぇー」

渚はすぐにダイニングテーブルに飛び付いた。

「だろー？」

付け合わせのサラダを配りながら直は誇らしげな笑みを浮かべた。

「直のグラタンはとびっきり美味しいからね。咲の大好物なんだけど…」と、碧も嬉しそうに微笑んだが時折、そわそわと天井や開閉扉の方を気にしている。

「あっ…私が後で持ってくから！」

渚は慌てて席に着いた。

「そうそう。あいつも腹減ったら絶対食べるから心配しないでいいよ！」

洸も明るく答えると素早く席に着いた。

「そう…。じゃあ、お願いね。でも…本当にどうしちゃったのかしらね…」

小さく呟きながら碧はピッチャーで一人一人のグラスに水を注いだ。

三人は誰ともなしに手を伸ばし、ぐいっと唇にグラスを傾けた。

（これ以上、何か聞かれたらどうしよう）

想いは一緒だった。

「それにしても今日は大変だったわね」

三人は思わず含んでいた水を吹き出した。

「やあねぇー何やってんの？」

慌ててテーブルを拭く碧。噎せる振りをしながら渚と洸の目線は直に向いた。

直は小さく首を横に振った。

「た、大変って？」

渚は顔を上げ、おずおずと聞き返した。

「何言ってんのニュースに映ってたわよ」

「えっ…」

（ニュースって…）

三人は無言でそれぞれの顔を見合わせた。

「う、映っていたって…な、何が？」

恐る恐る渚が尋ねると碧はやれやれという顔をした。

「何って、あなた達の学校よ。みんなの怪我もそれが原因なんでしょ？　大騒ぎになってたじゃない？　……違うの？」

ちらっと三人を見て碧は流し台に向かった。

「う、うん。そ、そうだね」

しどろもどろに答えながら三人の頭の中はパニックになっていた。

「ニュースに学校映ってたぁー？」

「どういうこと！」

「しらないよー！」

「さ、咲ちゃんは？　咲ちゃんのことは？」

「ちょっとまって！」

「どうする？」

「どうしよう？」

「ど、どうするって…」

布巾を洗う水の音に紛れて、三人は顔を近付けながら役者が行う掛け合い台詞のようにヒソヒソと言葉を投げ合った。

―キュッ。―

蛇口の締まる音がして碧が戻ってきた。

三人はパッと離れて意味深な笑みを浮かべている。

「？　…何よ？　変な子達ねぇ」

そう言いながら碧はテーブルの中央にチーズとタバスコを置いた。よいしょっと席に座ると「でも良かったわね」と、にこりと笑った。

「はっ？」

三人がまた間抜けな顔を一斉に向けたので碧は流石に吹き出した。

「何よ！　さっきからもぉー何なの？」

碧は近くに座っている直の背中を叩いた。

「今日、学校のグラウンド付近に竜巻と落雷が直撃したんでしょ？　幸い校舎には被害がなかったから、学校は通常通りですって。連絡網でも回ってきたわよ」

見ていたニュースと連絡網の情報を混ぜ合わせながら碧は続けた。

「奇跡的に怪我人は出なかったってテレビでは言っていたけど……ここに四人もいるじゃないのねぇー！」

自分で言って自分で怒っている碧を尻目に三人はホッと胸を撫で下ろした。

『良かった。バレてない』

洸は隣の渚にだけ聞こえる音量で、唇だけを小さく動かした。

『でも被害なしって…どういうこと？』

渚も声を潜めながら答えた。

『わからない。でも、まあ咲のことは出てなかったみたいだし』

『そうだね、取り敢えずよしってことで…』

渚と洸は目で直に合図をすると、直も頷いた。

「大体、学校の先生は何やってたのかしらね…」碧はまだ納得いかない様で一人ぶつぶつ言っている。

するとと肌を打ちつける乾いた音が食卓に響いた。一瞬、碧は驚いたように、音の方を見ると、洸が手を合わせてにこりと碧に笑顔を向けていた。

「でも、まあ…ほらっ！　僕達こんなに元気でちゃんと帰ってきたんだから！」

そしてちょっと首を傾げる。

「早くごはん食べよう？　碧さん」

上目遣いからの、周りに後光が差す様な極上の笑顔。

「う、うん。そうね」

碧も思わずそう頷いた。

残された二人はただただ無言で手を合わせた。

「いただきまーす！」

直のマカロニグラタンは家庭的で温かな味がする。マカロニの筒に入っているクリームの熱さに毎回一人は舌を火傷するため、いつの間にかマカロニの形も筒状から螺旋状に変わっているのは直のアイディアだろうか。

サラダも今日は渚の苦手なカボチャが入っていなくて、ここでもほんの少し直の優しさを感じられた。

（大体、何でいつもサラダにカボチャが入るの？　ポテトサラダでいいのに…）

ただこんな賑やかな食卓に咲の姿がないことだけが渚の心を重くした。

熱々の湯気の向こうにいつもいる友の姿がない。寂しさを噛み締めるように一口一口グラタンを口に運ぶ渚だったが、それは全員が同じ気持ちだっただろう。

そして渚の心の中に浮かぶもう一つの気掛かりが碧の言葉の中にあった。

【校舎に被害はなし。怪我人も一人もなし】

（どういうことなんだろう）

自分達の周りで何かが人為的に操作されている様な不安が、暗雲の様に立ち込めていく。

「まったく！　貴方って人は大バカ者ですか！」

坂本道場の離れでは琳の激しい叱責が響き渡った。

「何遍言ったら分かるんです？　バカ椿！」

鉄格子の向こうで美しい顔に青筋を立てながら激怒する琳の様子を、上半身裸の椿はじっと黙って見つめていた。その表情を見た琳は益々語尾を荒くした。

「どうせ『ここで…ベロとか…出したら…琳…どうする…かな…』とか何とか考えてるんでしょう!!」

琳は「まったく！」と、一拍おくと、ぐるりと向きを変えて物陰にゴソゴソと入って行った。

「何で…分かった…んだ…ろ？」

椿は不思議そうに首を傾げた。

暫くして戻ってきた琳の手には裁縫道具、もう片方には椿のパーカーが握られていた。

牢の前にストンと座ると慣れた手付きで針に糸を通し、チクチクと繕い始めた。

視線を服に向けたまま琳は独り言のように話を再開させる。

「ここを抜け出すのはこれで何回目ですか？　二日連続こんな所に閉じ込められて！

今に体を壊しますよ」

身頃をざっくり斜めに切られているため、繋ぐのには少々骨が折れる。

「服を二着も駄目にして、おまけに頬にそんな傷を残して…今にきっと綜だって
……って聞いてます…か」

不意に顔を上げた琳は驚いてビクリと体を仰け反らせた。と、同時に「…ッ！」指を針で刺してしまった。

気付かない内に椿が目の前まで近付いてきて、大きな赤い瞳が鉄格子越しにじっと自分を見つめていたのだ。

「な、何ですか…」

刺した指を咥えながらあたふたしていると、椿の指がスッと伸びてパーカーを指差した。

「それ…やったの…琳…」

「!!」

「それ…に、琳も…一緒に…抜け出した…」

「こ、こ、これは！　そ、それにっ！」

言葉に詰まる琳を尻目にまた、もぞもぞと椿は元の場所に戻って行ってしまった。

「〜〜〜〜〜っ!!」

手の届かない所に逃げた者にどうすることもできず、琳は苦々しく椿を睨み付ける。

「珍しく今日は言うじゃないですか」

もうすでに他人事の様な顔をしている椿に腹立ち紛れに嫌味を言ってみたが、反応はなかった。

自分から視線を逸らし、外を見つめる横顔は相変わらずの無表情だったが、口の形だけが微妙に【へ】の字になっている。その小さな変化だけで琳には椿が大層ご立腹なのだということが分かった。

「ああ…なるほど」

（余程、悔しかったのでしょうね）

琳は小さくため息を吐くと再び作業を続けながら今度は静かに続けた。

「私は貴方が傷つくのを見てられないんですよ。だから無理を承知で物事を頼む奏が嫌いですし、綜の仕置きだって受けてほしくない。赤の他人にやられる位なら自分で捕まえた方が傷は浅いだろうし…今回のことだって頭に血が上った貴方がまた無茶をしてしまわない内に連れ戻したかった…」

そこまで琳が呟くと、椿はゆっくりと琳に視線を戻した。

「う…ん、分かって…る。ごめん…琳」

小さな子どもの様にぺこりと頭を下げる椿に琳は涼しげな目元をふっと綻ばせた。

（この椿を悔しがらせた原因…今日のアレは何だったのだろう…）

琳は数時間前に起こった説明の付かない奇怪な出来事を思い出した。

全身に高圧な電流を纏った黒髪の少女。その凄まじいエネルギーと他者が介入できない様な圧倒的な存在感。

その力に引き寄せられるかのように集まってきた分厚い暗雲が、学校周辺の空を呑み込もうとしている様を、琳達は外からその一部始終を目にしていた。

（あの娘は一体、何者？）

「あっ、そう言えば黒髪の彼女が襲われそうになった時、助けに行こうとしてましたよね？　椿はあの子を知っていたのですか？」

突然振られた質問に椿は初めキョトンとした顔をしたが、やがて深く頷くとポツポツと小さい声で答えた。

「う…ん。『咲…ちゃん』」

「えっ？『咲ちゃん』？」

師である綜に対しても、盲信する奏に対しても敬称で呼ぶことのない椿が、人を『ちゃん』付けで呼んだことに琳は耳を疑った。—が、「渚が…そう…呼んで…た」次の椿の言葉でその謎はすぐに解明された。

（ああ、渚の口真似ね…）

琳は呆れたように目を伏せた。

(普段、他人のことに殆ど無関心な椿が唯一、口にする外部の人間…。そして奏に依頼を受けて唯一無茶をする相手…。

幼い頃からずっと…。

個人的に恨みはないですが…どうしてでしょう、その名を聞くと心がざわついて仕方がない)

「まさか渚の友人だって理由だけで飛び込もうとしたのですか？　まったく貴方はどこまでお人好し……」と、そこまで喋って琳はギクリとした。今度は椿が目を剝いて固まったまま此方を見ている。

「な、何ですか？」

「……琳…今……『渚』って…」

椿の言葉に琳はハッとした。

(しまった…)

椿本人の口からは今初めて聞かされた名だが、幼少の時から奏と椿の会話を盗み聞きしていた琳にとって『渚』は耳に胼胝ができる程馴染み深い名だった。

(椿の寝言でも散々、聞かされましたしね。

…でも呼び捨ては流石に不味かったですね)

「あ、いえ。今のは単に貴方の口真似をしただけですよ！　深い意味は全然ありませんよ。ほ、本当に」

しどろもどろに弁解する姿を疑いの眼が追い掛けてくる。

「会った…こと…ある…の？」

椿の赤い瞳が光る。

「いえ！　全然知らないですよ！　何故ですか？」

「ふーん……別…に」

妙な空気が二人の間に漂った。

（これではとても『貴方の後ろに付いて回って嫌という程よく知っていますよ』などと口が裂けても言えない…）

琳は軽く咳払いをした。

「それではもしかして『咲』という子の後ろにいたのが『渚…サン』という方なのですか？」

非常に苦しい言い直し方をしてチラリと椿を見た。

「うん。そう…だよ。小さく…三つ編み…してた…子…」

そう言う椿の顔は元の無表情に戻っていた。

（時偶、この人って怖いんですよね…）

「しかし、その方も随分無謀というか…無茶しますね」

呼び捨てから《その方》に無理やり方向転換した不自然さに椿は気が付いていない様子で、琳はやれやれと胸を撫で下ろした。

「何…で？」

「普通、帯電した人間に抱き付いたりしませんよ。一目見ただけで危険だと分かるじゃないですか」

「う…ん。でも、渚だか…ら」

「はぁ？」

「あ…そ、そうですか」

琳は無理やり頷いて、先を進めた。

「あの小柄な少年も、褐色の少年も同じく無謀というか考えなしというか、私には信じられません」

首を振って意味が分からないと訴える琳を椿は静かに見つめていた。

「小さい…のは…洸…くん。咲…ちゃんは、洸…くんの…大切な…人…だから」

「そうなんですか？　やけに詳しいんですね」

琳の言葉にふと椿の頬が少し緩んだ。

（おやまあ、何をそんなに得意気に）

「まあ、あの四人が親友同士というのなら、あの行動も頷けると言えばそうですね」

そこで琳は一回言葉を区切って、唇の下に手を添えた。

「いや、しかし…ただ一つ理解しがたいのは、あの褐色の…」

「マッチ…棒」

椿は琳の言葉を遮った。

「は？」一瞬、琳は顔を顰めたが、

「あいつは…ただの…マッチ…棒」さらに重ねて主張する椿に「ああ、はいはい。マッチ棒ね」悪意のあるその呼び名にツッコムことすら面倒臭かった琳は、あっさりとそれを受け入れた。

「で、そのマッチ棒は何故、敵であるあの男をまず助けたのでしょうか？目の前の友人を傷つけられて少なからず憎しみだってあったはずでしょ？」

琳はもう一枚の黒パーカーを手に取った。

「ただの…バカ…真面目」

「ん？―ああ、真面目ね」

「それか…バカ…お人好…し」

「はいはい、お人好しね」

いちいち突っかかる椿の言葉を半分だけ耳に入れ、手は黙々と作業を進めながら琳は考えた。

（ただ真面目とかお人好しというだけで人はあんな風にできるものでしょうか…。もし、私だったら目の前の椿しか目に入らないかも…って！　違う！）

琳は首をぶんぶんと横に振った。

「どした…の？　琳…」

「い、いえ」

今、一瞬恐い台詞を言いそうになった自分を全力で打ち消しながら、琳はそっと椿を見た。

「ん？」

ポカンとした表情をしながら、小動物のように頬を膨らませながらもしゃもしゃと何かを食べている。

（あ――っ!!　やられた！　私に近づいたあの時だ！）

椿は先程、琳がこっそりと持ってきたおにぎりを見つけて、ちゃっかりとくすね取っていたのだ。

「つ、椿～～～!!」

肩を震わす琳に小悪魔は相変わらずきょとんと何食わぬ顔で二つ目のおにぎりを口

に運んでいた。

「う…ま…」

「くっ……」

一瞬でも『椿を助ける』などと思った自分に腹立ったが、この顔に琳は何も言い返せない。

(そう、ずっと…)

赤子の頃から二人は一緒にいた。

辛い訓練も淋しい夜も二人で乗り越えてきた。先程の言葉も琳にとってあながち嘘ではなかった。

(何かあったらまず私は椿の安否を真剣に考える。他人のことなど二の次です。

きっと親もなく家族同然に暮らしてきたあの渚達だってそうでしょう。

互いが大事なはず。

あの男がどうなろうと私だったら視界にすら入らない…なのに…)

「渚と…咲…ちゃんの…ため…でしょ?」

「え…」

おにぎりを食べ終えた指をぺろりと舐めて、ふいっと横を向いた椿が独り言のように呟いた。

「あいつが…死んだ…ら…咲…ちゃん、人殺し。そしたら…二人…とも…傷つく…」

「そんなことを咄嗟に？　まさか」

乾いた笑いをする琳を見ることもなく、椿は厳しい横顔を見せたまま「あいつは…そう…いう…奴」独房の壁に叩き付けるように言い放った。

そしてガバッと顔を伏せたままもう何も言わなくなってしまった。

「椿…」

（あの鬼気迫る場面で一瞬の冷静な判断で敵を助けに行った〈彼〉と、逆上して殺してしまいそうになった〈椿〉。

……悔しいでしょうね）

琳達はすぐ目の前で起きている惨状に手も足も出せなかった。

勿論恐怖からなどではない。

何者かの見えない力によってグラウンドの中にすら侵入できなかった。

（フェンス外の街路樹の上で椿がどれだけ悔しい思いで渚達を見ていたのか…）

血で滲んだ唇がそれを物語っていた。

ふと力が解き放たれた時、溜まりに溜まった怒りの炎が椿の指先を狂わせた。

《ダメです椿!!》

琳が叫んだ時には、もう遅かった。

（あの男が助けなければ今頃は…。

いつもの『外さないよ』は、今回は通用しなかったようですね）

しかし、背中を丸めて拗ねている椿にそれを言うのは酷なことだろうと、琳は口を閉ざした。

くるりと玉結びを作ると器用に歯でプチンと糸を切った。

「はい、できましたよ。ここに置いておくのでちゃんと着てくださいね」

琳は丁寧に畳んだ二着のパーカーを鉄格子のすぐ近くに置くと、ポンポンと軽く叩いて立ち去ろうとした。

「……行く…の？」

囁くような声に振り返ると、幼子のような顔をした椿がじっと琳を見ていた。

「何です？　珍しく心細いですか？」

屈み込んでパーカーを手に取り、差し出すと、椿はもぞもぞと琳に近寄りそれを受け取り、バサッと無造作に被った。

「いい加減、下に何か着たらどうですか？」

椿は呆れ気味の琳を上目遣いでちらりと見たが、それでも知らん顔で着終えてしまった。

「邪道…なの」また鉄臭い陰鬱な場所には不似合いなほど、透明な声が響く。

「は？」琳の方眉が上がる。

「奏が…言って…た」

「はぁ？」

突拍子もない答えに琳は啞然とした。

「ほら、琳…だって…着てな…い」

ずるいとばかりに指を差す椿に琳はとうとうカチンと来た。

「これは道着でしょうが、ど・う・ぎ!!　まったくもう!!」

（この〈奏絶対主義〉は、どこから来るのか。兄弟のように傍にいる私の言うことなど聞きやしない！）

琳は重たいため息をつくと、さっさと立ち上がり役目を終えたとばかりに椿に背を向けた。

そして後ろで一本に結んでいた髪紐をするりと解くと、パサッと腰まで掛かる長い髪が落ちて広がる。

薄暗い地下牢に吹き込む僅かな夜風と月光が琳の髪を彩り、水面の如くゆらゆら揺れながら煌めいていた。

手櫛で乱れた髪をささっと整え、慣れた手付きで再び束ね直すと、そこにはいつもの凛々しい剣士が立っていた。

「行く…の？」

「ええ、今度こそ行きますよ」

背中で琳が答えた。

「……お説教…？」

小さく呟く声。

「誰がですか？」

琳が肩越しに振り返ると椿の顔は変わらずの無表情だが、瞳は揺れていた。

「違いますよ」

やれやれと苦笑いして指を差した。

「人の心配なんてしていないで貴方は自分のことを少し反省してください。もう私がいない間に抜け出すなんてことしないでくださいよ！」

そう言葉を残すと琳はそっと出て行った。

「ごめん…ね」

椿の言葉が小さくその後を追う。

地下牢を出た琳は足早に道場へ急いだ。

思ったよりも時間が掛かってしまったことで、綜の怒りはさらに大きくなっているであろうことは、覚悟した。

「今日の稽古は厳しそうですね」

そう呟きながらも琳はこの後、自分に起こる地獄よりも今日の出来事で椿とは話さなかった〈どうしても理解できない出来事〉が頭から離れずに心を占めていた。

絶対に侵入することができなかった結界のようなものが、嘘のように消えたのは、あの渚が後ろに崩れていく瞬間だった。

（あの時、彼女の名を叫ぶ絶叫と共に背後から強烈な突風が吹き荒れ、同時に椿の矢が放たれた。

それが校舎の窓に当たる直前、皿の割れるような音がしたと思ったら見えない壁が消滅。………何故？）

（それと、渚を助けたあの大男は？

すぐに校舎の中へと入り込もうとした私達を静止させたもの…それは、あの男の一睨だった。

あの男は一体何者？　私達の周りで何が起こっているのか…）

いくら考えても答えが見つからないまま、琳は道場の前まで来てしまった。

「琳です」

「入れ」

薄暗いぼんやりとした明かりの奥で綜の声が低く静かに響いた。

「失礼します」

琳は覚悟を決めて引き戸に手を掛けた。


一人きりになった椿は静まり返った地下牢の無機質な床に横になりながら、小窓から漏れる月明かりを眺めていた。―と、コツンと何かが頭の上に降ってきた。

「イタッ…」

思わず体を起こすとクルミの殻と小さな生き物が腹の上でひっくり返っていた。

「……アンソニー?」椿はリスとも鼠ともイタチとも違う、それでいてその特徴を混ぜ合わせたような、森のお友達を手のひらに乗せた。

「プ?」

奇妙な鳴き声のその生き物の首元にキラリと鍵が光っている。

椿はごそごそとポケットからクルミを一つ取り出すと、それを交換した。

「今日も…ありがと…ね」

今宵も月光に照らされて漆黒の影が夜空を飛び回る。時折、影に銀と赤の色が灯るのは、さながら天を彩る星々のようだ。

「琳……ごめん…ね」

夕食後、渚は両手に洗濯籠を抱えながら、珍しく水を打った様な静けさを保つひなたハウスの階段を上がっていた。

二階の咲の部屋を目の端に入れながらも、そっと通過して最奥にある引き戸に手を掛ける。

「ああ—もう夜か」

どことなくぼんやりとここまで上がってきてしまい、ベランダに来て初めて外の暗さに気が付いた。

「ふう…」

重いため息を大きく一回吐き出すと、大量の洗濯物が入っている籠を静かに置いた。

暫くすると静まり返った住宅街に乾いた音がリズミカルに響く。

普段ならば、ここで鼻歌が参加し、一つの音楽を奏でているが、今夜の演奏者にはその覇気がない。

何処となくベランダから覗く住宅街の雰囲気も寂しげだ。

「ふう……」

もうこれで何度目かの吐息が漏れる。

渚は後方にある咲の部屋を意識しないよう努めてみたものの、正直、今すぐにでもその部屋へ飛び込みたい衝動に駆られていた。

その度に、洸の『今はそっと一人にしてあげよう』という言葉が脳裏を掠め、それを阻止していく。

(今は、ってことは、もう少し経ったらいいのかな?

でも、咲ちゃんがそれを望んでいなかったら…)

苦心惨憺と考えを巡らしても結局は答えが導けないまま。

「はぁ…」

もう一度、自然と息が零れる。—と、ふわりと渚の細い髪の毛が風に遊ばれた。

すると、周りの木々が続くように一斉にざわつき揺れ動く。

息を吹き返すかの如く、それとも渚に見つからないようにこっそりと隠れていたかのように…それまで感じられなかった生命が強烈に感じられた。

ひらひらとそれは何気なく落ちてきた。

春を象徴するその花弁は渚の目の前で可愛らしく舞い踊る。

それはまるで、春の妖精。

その妖精は上品に渚の手のひらで止まった。

「えっ…」

次に顔を上げると今まで目に映らなかった景色が飛び込んできた。

もしかすると本当に妖精の魔法に掛かったのではないかと思わせるほど、余りの見事な光景に渚は息を呑み、言葉すら紡げなかった。

彼女の瞳を輝かせたそれは…満開に咲き誇った桜、桜、桜──。

近くのひなた公園も桜雲が連なり、まさに桜花爛漫。

僅かに欠けた月から放たれる月華は美しく煌めき、それらを照らし、そして包み込んでいる。風で巻き上げられた花々の欠片は、雪のように渚に降り注ぐ。

その幻想的な世界に魅せられた少女は先程まで機械的に動いていた手を休め、そのまま手摺に摑まると大きく身を乗り出した。

「す、すごい!!」ここ一番の声が出た。

「そこのお転婆なお嬢さん。落ちますよ〜」

「えっ！」

完全に一人だと思っていた渚は突然の背後から聞こえた声と、網戸の開く音に肩をビクつかせた。

急な来訪者に振り返ると、彼は干された洗濯物をまじまじと眺めていた。

「えっと、あの、洸くん？」

先程の弁明を必死に考えながら洸の視線を辿る渚。

「やっぱり渚、僕達の分まで干してくれたんだね」

そんな渚を瞳に捉えると、洸はニヤッと少し意地悪そうに口角を上げた。こういう顔をする時の洸は、身長も相まって本当にいたずらっ子のようだ。

「あっ!!」

洸が何を言わんとしているのか。

それは干された洗濯物に答えがあった。

皆の普段着から学校指定のワイシャツまで、丁寧に物干し竿に連なり、その奥には、一緒くたに洗われ、ズラリと洗濯バサミに挟まれた同じく全員分の下着がひらひらと風に揺れている。

「ご、ごめん！　ボーッとしてて!!」

渚の足元にはピンクの色の籠が転がっている。洸は自分が持ってきた空っぽの青い籠をその隣に置くと、顔を軽く横に振った。

「いやいや、僕は別に大丈夫だよ。寧ろ、仕事なくなってラッキー！」

「ただ…」と、洸は耐え切れず小さく吹き出した。

「直がかなり慌ててたよ。風呂から上がったら用意してたパンツもなくなってたから『あいつ全部、持っていきやがったー!!』って吼えてたよ」

「ああ…」

（またやってしまった）と、渚は顔を両手で隠した。

そんな彼女に今度は優しく微笑むと、洸はそっと近付いた。

徐に手を伸ばすとポンポンと渚の頭を撫でて、そのまま少し覗き込んだ。

「どうしたの渚。悩み事があるなら僕で良ければ聞くよ」

「こ、洸く…」

身長差が殆どない二人は渚が顔から手を離すと、ピースがカチリと嚙み合うように目と目が綺麗に合った。

「あっ…」

その彼の瞳に渚は何かを見た気がした。

「…咲もそうだけど渚も一人で抱え込んだらダメだよ」

瞳の奥底まで見据えようとする渚を尻目に洸は続ける。

「ちゃんと僕や直や碧さん、そして海さんや空さん…誰でもいいから何かあれば話すんだよ。……何となく心配になってね」

その口調は…その表情は同い年なのに兄の様に優しく力強かった。

(まただ。いつもは見せない大人びた表情がチラつく)

「………」

上手い返しが見つからず押し黙る渚。

「なーんてね。どう？　今のカッコよかった？」

しかし洸が次に発した時には、いつもの愛らしい笑みを浮かべた少年に戻っていた。

「えっ！　…あっ…う、うん」

曖昧に返事をしてから渚はすぐに目を逸らした。

それはつい数秒前の洸の表情に渚は急に今まで溜め込み、無理矢理に呑み込んできた様々な感情を一気に吐き出してしまいたい、頼ってしまいたい、そんな衝動に駆られてしまったからだ。

（咲ちゃんのことや洸くんの背中の怪我…今後のことだって考えなきゃいけないのに…。

それにこれ以上、洸くんに負担は掛けられない）

渚は慌てて顔を小さく横に振った。

「洸くん、ありがとうね」

そう精一杯の笑顔を作った。つもりだった。

「……。……どういたしまして…っと」

「えっ！」

洸の言葉と行動が合っていない。

そのまま渚は洸に手首を掴まれた。

「渚、どうやら今がその時みたいだね。

さて、じゃあ一番近くにいた僕とお話ししよっかー」

「あの…でも」

状況が呑み込めず困惑する渚。けれど…。

「ほら…手、震えているよ」

「……あっ」

指摘されて初めて気が付いた。

渚は申し訳なさと羞恥の念に即座に駆られ、合わせる顔がないとばかりに顔を俯かせた。

しかし、それと同時にその握られた手の温かさに安心感も覚えていた。

「いやぁ～こうして見ると夜桜もまた風流があっていいもんだねー」

何でもないという感じで桜を見上げる洸に「そだね」と、渚は生返事をしてから手摺に前のめりで体を預けた。

つい先程まで美しかった景色も今は俯いてしまっているため、自分の足元をただ眺めるしかない。

顔を少し上げれば、すぐにでも華やかな世界で彩るというのに…。

まるで自分の心情を具現化したようなこの状況に渚は心苦しくなる。

他の世界があると知っていても行く術を知らなければ、そこには辿り着けない。

仮に行く術を知っていたとしても、今の自分自身ではどうしようもないことを知っている。

そんな彼女の気持ちを察してか洸はもう一度、渚の頭を軽く撫でた。

「よしよし。お兄ちゃんが話を聞いてあげよう！　どうした？　不安になっちゃった？」

それが本当に兄の様で思わず素直に頷いてしまった自分自身に渚が一番驚いた。

それを視認した洸は小さく息を吐き出し、手摺を握り締めるとぼんやりと前を見た。

「まあ、普通そうだよね。昨日の奏の話といい、今日の咲のことといい…」

「わ、私には、この二つが全く無関係だとは思えない。

……けど、本当は目を背けてしまいたい弱い自分がいて…」

ぽつぽつと話し始めた渚に洸は相槌を打ちながら静かに耳を傾けた。

「奏は私に言った。『君には力がある』って。けど、そんなことなかった。守られてばかりで、大切な人ひとり救うこともできない」

その言葉に洸は頷くのをやめた。

渚は痛いくらいに手摺を握る両手に力を込めた。

「今だって、咲ちゃんに何て言ってあげればいいのか分からない。

このまま何も言えなくて、また失っちゃうんじゃないか…。

また…小学生の時のことを繰り返すんじゃないか…そう思うと、堪らなく怖い」

気持ちが徐々に沈んでいく。消えていく。

ようやく人に気持ちを吐き出せたのに溜飲が下がるどころか、余計に自分の言葉で落ち込んでいく。そんな自分が渚は心底嫌だった。

「でもさ、渚」

洸の声が静かに響く。

「君は、それでも…信じているんでしょ？」

ドクンと渚の心臓が激しく跳ねた。

パッと反射的に洸を見ると、彼はいつも咲に見せるイタズラっぽい笑顔を渚に向けていた。

「な、なんで…」

「僕さ、渚の言葉って好きなんだよねー」

そう唐突に洸は口にした。

「信じる強さや深さなんて人それぞれだし、言葉だけなら誰だって簡単に言える。目に見えるわけでもないし、気持ちを共有できるわけでもないからね。

それはその言葉だけじゃなくて【好き】とか【守る】とか【可愛い】とか、感情から来る言葉程信憑性に欠けるものはないのかもしれない」

笑顔が微笑みに変わり、やがて真剣な眼差しで洸は続ける。

「それでもね、僕達はきっと誰かの言葉を信じたいから、言葉の証拠を集めるんだ」

そう言い放った洸は少し寂しげに外の景色に向き直った。

そして、そっと唇を動かした。

「でもね。でも…僕は渚から紡がれる言葉はそれが真実で全てのように思えるんだ」

「えっ…」

洸の意外な返答に渚は目を瞬かせた。

その様子に「不思議だよねー」と、洸は笑って見せた。

「言葉の力って言うのかな。ほら、昔から言霊って言葉もあるくらいだしね。演説だって一つの言葉の力だろ?

きっと影響力のある人間ってのは言葉そのものに力があるのかもしれないね」

少し肌寒さを感じる風が洸の前髪を揺らし、その隙間から覗く瞳はとても優しかった。

「だから、そんな力を持つ子が自分を否定しちゃダメだ」

最後の言葉には一段と熱が籠められていたように渚には感じられた。否定も肯定もできなかった。

ただ、そうであったらいいなと静かに願った。

そして、洸は一呼吸おくと今度は語り掛けるように口を開いた。

「ねぇ、渚。確かに僕らは過去に親を含めて多くのものを失った。その度に何度も悔やんだ。自分達に力があればってさ」

【多くのもの】その言葉に渚の胸がチクリと痛んだ。そして、切絵のように彼らの顔が浮かんだかと思ったら、その顔は黒のインクで塗りたくったように思い出せない。

それがとても悲しかった—。

（ああ—でも確かに願っていた。彼らと一緒に過ごせる日々を夢見ていた—）

渚はまだ胸に残る痛みを隠すように、胸に手を当て「うん」と頷いた。

「だけど、もう僕らはあの頃の幼い僕らじゃない。だって、自分達の想いを伝えることができる。そして、それを聞いてくれる人がいて、その場所がある。

きっと今の僕達だったら何とかなる。

渚もそう信じているんでしょ？」

「…どうしてそう思うの？」

渚は小さく聞き返した。

「分かるさー。だって、渚だから」

当たり前のように放つその言葉に、渚は震えた。『言葉』は刃物のようだと思っていた幼き頃。その『言葉』に今、救われていることが本当に不思議だ。

この胸の痛みは一生消えないのかもしれない。傷ついた傷跡は時間が経っても修復されないのかもしれない。

それでも、注がれる温かさが何重にも膜を張って、底に沈めてくれることはできる。いつか、その膜が固まればいいなと渚は思う。

「ありがとう…。洸くんは本当にすごいね」

普段の洸であれば『当たり前じゃ～ん』と笑い飛ばすところだが、今回は違った。

「すごい？　僕が？」

本当に驚いたような顔を浮かべるものだから、渚も「う、うん」思わず言葉に詰まった。

聞かせてと言うように、洸は手摺に腕を乗っけて、そこに顎を置いた。

渚は頭の中で言葉を探しながら、ゆっくりと物語を読み聞かせるように口を開いた。

「洸くんは怒りも悲しみも憎しみですら、すべてを内に秘めて笑っている。それどころか、今みたいに私達を優先して励ましてくれる。それは…どれだけ強い心なんだろうと思って」

すると洸は小さく声を上げて笑った。

「渚は僕を買い被り過ぎだと思うな。

逆だよ。弱っちいから反抗することなく、ヘラヘラしているだけ。

本当に強かったら咲をあんな風に泣かせていないよ…。あんなことになる前に小林をどうにかしてるさ」

最後の方は吐き捨てるように放つと、洸は天を仰いだ。言葉の力は洸自身には備わっていないかのような言い草に、彼の背負っている業のようなものが顔を出した気がする。

「本当に弱い人ならそこまで体を張って咲ちゃんを助けないと思うよ」

視線はそのまま自然と洸の背中へと向く。

寝衣を着てしまい直接は見えないが、渚は血だらけの洸の背中を思い出し背筋がぞくりと総毛立った。

「洸くん、私は思うんだ」

急に空気が変わっていくのが洸には分かった。

「自分より弱い者や同等の者でも手を上げ、罵り、捨て去っていく人間は大勢いる。

私達の親がそうであったように」

渚は気付いていない。

「なら、その逆にその人の幸せを願い、愛し、見守っている人間だっている。

洸くんが咲ちゃんを想っているように」

言葉に魔法をかけたように、紡がれれば紡がれるほど、その威力は増し、身体を甘く痺れさせることを。

(ああ、渚…。これが君の力だよ—)

身体に浸透していく言葉に酔いしれるように洸は目を瞑った。

「感情を爆発させ暴力にいくことだけが強さじゃないと思う。…だから洸くんは決して弱くないよ」

自ら発した言葉を最初に拾うのは自分の耳だ。それならば、本人が影響を受けないわけがない。渚の瞳はしっかりと前を見据え始めた。

「それは、なぜ?」

最後に洸は渚の言葉を求めた。

「私は、そう信じているから」

音のない世界に投げ出されたかの様に辺りは静寂に包まれる。

月光と家から漏れ出す明かりが二人と花影を映し出す。

そろそろ渚が自分の放った言葉に気恥ずかしさを覚えた頃、その小さな笑い声は風に乗って渚の耳に届いた。

それは決して馬鹿にした笑いではなく、渚が横目で彼を見ると頬がほんのり赤く染まっていた。

渚の視線に気付いたのか洸はフイッと顔を背け、やがて後ろを向いてしまった。

渚も釣られるように振り返ると…。

「あっ」

「……ん？」

渚は気の抜けた声を出した。

それもそのはず、二人の視線の先には何故か上半身裸で腰にバスタオル一枚を巻いた直が、複雑そうな表情で奥の乾いている洗濯物に手を伸ばしていたのだ。

そんな姿に洸は堪らず吹き出した。

「直、それ僕のパンツだし！　何その間抜けな顔！　何その格好！」

つい数秒前の空気はどこへ飛んで行ったのか。直はハッと我に返り、わたわたと手をバタつかせた。

「う、うるせえ!!　風呂から上がったら着替えが一枚もなかったんだ！」

気まずそうに顔を真っ赤にさせてそう口にすると渚は「ごめん、ごめん」と、籠に残っている洗濯物の中からひょいっと直の下着を取り出した。

「ほら、この通り全部洗っちゃった。ごめんね」

「あああ――――!!　な、なぎさ――――!!」

バッと渚の手から自分の下着を引っ手繰ると後ろに隠した。

「俺と洸のは干さなくていいって言ってるだろ！　自分でやるから！　頼むから！」

　必死に懇願する直とは裏腹に渚はあまり気にした様子もなく「うん、次からは気を付けるね」と、さらりと受け流している。

「それより直、早く何か穿けよ。僕の乾いてるの貸してあげるからさ。勝手に取ってって」

　まだニヤニヤとにやけている洸を渋い顔で一睨した後、直は小さくため息を吐き、「悪い」と、一言。

　諦めて干してある洸の下着に手を伸ばした。その時、闇夜から一筋の銀色の閃光が走った。

　三人がそれに気付いた時にはもう〈それ〉が的確に射られた後だった。

　鈍く光る矢が一本。

　そして木製の壁に打ち付けられた…洸のパンツ。

　パラッと直の半乾きの前髪が数本地面に落ちた。

　暫くの間、渚と洸はその光景を静観し、直はふるふると体を震わせていた。

「あいつだっ!!」

　直がギラリと矢が飛んできた方向を睨み据えたが、渚達が振り向いた時にはもうその気配すらなくなっていた。

流石にこんなことを仕出かすのは渚達の知っている人間で一人しかいなかった。

「あいつ…椿って言ったっけ？　僕のパンツに恨みでもあんの？」

洸は普通に彼の名を口に出し、そっと突き刺さっている矢を引っこ抜いた。

「い、一応、奏の仲間らしいし、私達に危害を加えることはないんじゃないかな…多分」

「渚!!　お前なぁー!!　どう見てもあいつおかしいだろ！　今のご時世に弓矢で攻撃してくる奴だぞ！」

直は腹立たしげに渚に振り返りずいっと詰め寄った。

「言っとくけど、俺は奏も信用してねぇからな！」

「う、うん」

直の勢いに押されて渚も頷いた。

「それにあいつ…村山鷹もだ！

ただでさえ物騒だってのに、次々と色んな奴が現れやがって」

「ちょ、ちょっと待って直くん！

何でたかちゃんも？　エライアに送ってもらった時以来会ってないでしょ？」

渚の言葉に頭に血が上っていた直もハッとした。

「渚は気絶してたから知らないかもしれないけど、たかちゃんは今、旭ヶ原中の用務員を臨時でやってるんだよ。

今日、偶々たかちゃんに会って、保健室のことや小林のことも全部引き受けてくれて僕らを帰してくれたんだよ」

洸はすぐさま二人の間に入って説明すると「ちなみに渚を助けてくれたのも、たかちゃんだよ」と、付け加えた。

「そうだったんだ…。じゃあ、明日お礼言わなきゃ」

「明日…何事もなかったらな」

直の最後の一言がその場の空気を一瞬にして凍らせる。

本人もしまったと後悔したが、時すでに遅し、渚は無言で俯いてしまった。

「あ、あの…渚…今のは…」

何かを言いかけた直を押しのけ洸はポンポンと渚の頭を撫でた。

「それよりさ、直いつまでその格好でいるつもり？　渚も困ってんじゃん」

渚がパッと顔を上げると「ね？」と、極上の笑顔を見せる。渚もそれに微笑み返した。

「ほら、今度はちゃんと持ってね」

ぽいっと洸が投げたものは宙を舞って直の手に渡った。…が、

「ちょっと待てー!!　これ!!　穴開きパンツ!!」

「うん、そうだよー」

洸は平然と返事をした。

「うん、そうだよってお前…」

「嫌なら返して──」

「あぁーもう！　分かったよ!!　これ借りるぞ」

これ以上は押し問答を繰り返すだけだと、長い付き合いの直はすぐに折れた。

洸のパンツを握り締め、くるりと二人に背を向ける。

その反応に渚と洸は顔を見合わせながら声を殺して笑い合った。

やがて洸は徐に何気ない顔で渚の耳に唇を寄せた。

「さっきの続き。これだけ言いたくてさ。

やっぱ渚の言葉ってすごいよね。

ずっと昔に同じことを言われた気がするよ。

…ありがとう」

いつもより早い口調は照れているのだろうか。

洸はそれだけ耳打ちするとスッと体を離した。

「おい」

ドスの利いた声が前方から響く。

どうやら直はしっかりと見ていたようだ。

洸はやれやれと肩を竦ませると足早に直に近付いた。

「お前、今何やったんだよ」

直は声を潜めながら呟く。

「ちょっとスキンシップ―」

それとは裏腹に洸は軽口を叩く。

「近過ぎだろ」

「なになにー？　直、ヤキモチ？」

「そういう問題じゃない！」

ギャーギャー騒ぎながらベランダから出て行く二人を見送りながら、渚は温かい気持ちになると同時に、昨日から止まない胸のざわつきに複雑な想いでもう一度、手摺に近付いた。

『怖く…ないよ。歩みを…止めないで』

不意に声が聞こえた気がする。

奏の封印を解き放つ前、一人闇へ戻されたあの時、確かにこの声が届いた。

この澄んだ声とたどたどしい話し方は、やはり渚の知っている人物で一人しか思い当たらなかった。

渚は思わず辺りを見渡した。

しかし、その瞳で捉えられるのは相も変わらず見事に咲き誇る桜と、そこから舞う花弁だけ。

ギュッと手摺を握り締め、渚は小さく深呼吸した。

「……ありがとう」

それはその人に届いたのかは分からないが、渚の声は風に乗って花弁と共に夜空へと舞い上がった。

（よし。やろう）

今度こそ渚はしっかりと前を見つめていた。新たな世界に少しでも辿り着けるように願いを込めて。


時計の針が丁度十一時を指した頃、咲の部屋のドアが小さく音を立てた。

「咲ちゃん、起きてる？

大好きなグラタンを持ってきたよ」

予想通り返答はなかった。

渚は大きく深呼吸をすると、湯気の立っている熱々のグラタンが載っているトレイをそっとドアの横に置いた。

「ここに置いておくね。お腹空いたら食べてね」
そう言い終えても渚は自分の部屋に戻る気にもなれず、その場から動けなかった。
やがて、手のひらをドアに近付けると冷たい板に額をコツンと当てた。
「ごめん。本当はそっとしておかなきゃって思ってるのに…。
私、咲ちゃんの話が聞きたい。
今、どんな気持ちで何を考え、悩んでいるのかを知りたい。
私達は親友で…家族でしょ？　分かり合いたいと望むのはいけないことかな？」
一度言ってしまうと止まらない。
渚は真っ暗な廊下にただ一人立ち尽くしていた。ギュッと開いた手を握り締める。
手の中は汗で湿っている。
「お願い。どうかこの部屋から勇気を出して出てきて。もう一人で泣かないで。
私にもその苦しみを少しでいいから…分けて」
絞り出すような声。
それでも咲からの返事は一向に返ってこなかった。
渚はゆっくりとドアから離れると、静かに背を向けた。
その時、微かな金属音が響いた。
「咲ちゃ…」

振り返ろうとした渚の背後から突如、大きな布が飛び出し、全身に覆い被さった。

「えっ……え!!」

一瞬で視界が遮られ、あたふたする渚。

すると今度は痛いくらいに体が締め付けられる感覚に襲われる。

「バカッ!! お人好し!! 自分を傷つけた相手になんか声を掛けて!!」

その泣き声は確かに咲の声だった。

「やっと出てきてくれたんだね。あんなの傷つけた内に入らないよ」

抱き締められた腕にはさらに力が入り、咲の震えが悲しい程渚に伝わった。

「直も…洸も傷つけちゃったよ。

家に帰った時、一回目が覚めたんだ。

……見えたんだ。洸の背中…真っ赤だった!! わ、私はなんてことを……。

怖い…。渚、怖いよ!!

私はただ…ただね、渚達を守りたかっただけなのに!」

「うん。ちゃんと分かっているよ。

咲ちゃんはいつも人のために動いて…傷つくから」

咲は堰を切った様に、それでも必死に声を押し殺しながら、渚の小さな背中で泣き崩れた。

渚はただ静かにその背中に咲の存在を感じ、そっと頰を濡らした。

どれだけの時間が流れただろう。

ほんの数分かもしれないし数時間かもしれない。

渚と咲は廊下の壁に寄り掛かり、腰を下ろすと沈黙を続けていた。

時折、聞こえる嗚咽が徐々に減っていくと、渚は布越しでぼんやりと分かる、ベランダに続くガラス扉から光る月明かりを眺めていた。

咲は自分の膝と膝の間に顔を埋め、小さく丸くなっている。

「ねえ…咲ちゃん。…これそろそろ取っていい？」

話の口火を切ったのは渚だった。

「ダメッ!!　私、今合わせる顔がない」

バッと咲は顔を上げた。

「うん…分かった」

今、布を取ってしまえば確実に部屋に逆戻りをしてしまう勢いの咲に、渚は大人しくミノムシ状態のままいることにした。

「じゃあさ、グラタン食べよ？　おいしいよ」

「……いただく」

咲は小声で返すと、トレイごと自分の方に引き寄せ、フォークでマカロニを一つ刺してそのまま口に運んだ。

「……うん。おいしい」

咲から思わず笑みが零れた。

「でしょ？　今日は碧さんと直くんが作ったんだよ」

「そっか…。今日の当番はあの二人だっけ」

「うん。明日は咲ちゃんと洸くんだよ」

何気ない会話。それが今の二人には特別幸せに感じられた。

咲はやがてゆっくりと視線を落とし、そっとフォークをトレイに置き、横に戻した。

空気が変わったことに渚も視認しなくとも気付いていた。

「今日のこと…よく覚えている。

力が溢れてきて自分一人じゃ止められなかった。…渚も見たでしょ？」

「見たよ。外は稲光が走って、中は…見たことのない光景でびっくりしたよ」

渚は率直に答えた。

「小さい時から悲しんだり、怒ったりすると天気が悪くなったりはしていたけど…。

まさか、こんなことになるなんてね。

まるで化け物。こんなんだから親に探してもらえなかったのかも…」

自分の言葉に咲は傷ついた。

声に出してしまうと一気に現実味を帯びてしまい、化け物だということを認めてしまったようで怖かった。

そんな咲の右手に温かいものが触れた。

咲が驚いて視線を移すと、それは布から出る渚のか細い左手だった。

か細いはずなのに、それは絶対に離さないとばかりに力強く咲の手を掴んだ。

「渚…」

咲は純粋に嬉しかった。

あんな光景を見ても尚、まだ自分の手を掴んでくれる人がいる。

自分はまだ一人じゃない、そう思えたから。

けれど…。

バチッ！　と、二人の重ねた手の中でそれは弾けた。咲の体は心とは裏腹に渚を拒んだ。

「うっ…」

渚は小さな呻き声を上げ、繋いでいた手は一瞬離れかけた。

「あっ！」

―が、素早く引っ込めようとする咲の手より速く、渚はその手を握り直した。

「咲ちゃんは…この程度で諦めちゃうの？

私は過去に大切な人達の手を離してしまったよ。だから今度こそ…。

もう二度と離さないって決めた」

今、渚がどんな表情をしているのか咲には分からなかったが、その必死に紡いだ言葉が揺るぎのない彼女の決意だということは伝わった。

だからこそ咲は怖かった。

「わ、私だってこの手を離したくないよ！

でもね、離れることより辛くて恐ろしいのは、あんたがこの力で死んでしまうことなんだよ!!　今は私が抑えている。じゃあ、抑えきれなくなったら!?

洸も直も碧さんも大切な人、みんな私のせいで傷ついて…。

もしかしたら私はこの先、誰かを殺してしまうかもしれない!!

怖いの…嫌なんだよ!!

もう…絶望しかないんだよ!!」

「違う!!」

渚は溜めていた息を言葉と共に一気に吐き出した。

「咲ちゃんは優しすぎる！　いきなり自分の身体が変わっていく中で、咲ちゃんから出る言葉は人のことばかり!!

そんな人が大切な人を殺せるわけがない。

そんなこと私が死んでもさせない!!」

咲の心に連動して、その威力はさらに増し、電流が渚に流れた。

「くっ……うっ」

全身に伝う痺れと痛みに堪え切れず、歯の隙間から漏れる渚の悲鳴が咲を震わせた。

「や、やめて…」

パニックになりかけ必死に手を振り解こうとする咲。

「あなたは…自己犠牲が…うっ…強いせいで自分を…友を信じない！」

意地でも手を離さない渚。

「うっ…く…。な、なぜ自分を絶望だと決めつけてしまうの？

なぜ自分を化け物だと言うの？

咲ちゃんには…咲ちゃんにしかできない使命があるから、その力を持って生まれてきた。ならば、その意味を！

…一緒に見つけたいよ！」

「もういい…やめて!!」

泣き叫ぶ咲の体が光り出したその時、渚は身を乗り出して両手で咲の手を握り締めた。その手の中から青色の光が漏れ出していく。

はらりと落ちた布から見えてくる渚の表情は月明かりに照らされ、咲の目にしっかりと焼き付いた。

渚は―微笑んでいた。

額から汗は流れ、唇は歯を食い縛っていたせいか血で滲み、頬には涙の跡までしっかりと残っている。

それでも光に反射した瞳は輝きを失わず、真っ直ぐに咲をその目に映している。

…その瞳は―希望に満ちていた。

一瞬、時が止まったと咲は思った。

まさか自分の身体が呼吸の仕方を忘れるなんて思ってもみなかった。渚から目が離せない。脳天をハンマーで殴られたような衝撃を受けた。

（こんな…綺麗なもの、私は知らない）

「咲ちゃんが信じないのなら…信じられないのなら、私が信じるよ。

咲ちゃんの勇気と優しさ、そしてこの力の可能性もすべて信じる。

確信してるの。これは、終わりじゃなくて、始まりなんだって」

美しい声が耳を伝い、血液に混じり咲の全身に流れていく。

（この子は数え切れない悲しみと恐怖を抱えている…。そして、きっとこれからも）

何の抵抗もなく自然に涙が零れ、二人の手に落ちた。―と、手の中の青い光と連動するように、大き過ぎる咲の力がスーッと薄れていく。

震える唇を必死に動かし、「あ…りがと…なぎ…さ」咲はそのまま静かに瞼を閉じた。

「うん。おやすみ…咲ちゃん」

(私は渚のために何ができるだろう…。

力になりたい。

そのための力だったら私は…)

完全に意識が途切れるその瞬間まで咲は人を思い続けた。「パパ…ママ……」


暗い廊下に静寂が流れ、穏やかな空気が渚達を包む。

隣で小さな寝息を立て始めた咲を横目で確認すると、渚もぼんやりとした意識の中、ガラス扉越しの外の景色を見上げた。

満開に咲き誇っていた桜が散っていき、少し欠けた月の周りを花弁がひらひらと舞っている様に見える。

その美しい光景に渚の心は却って切なくなった。

けれど、それを慰めるかのように扉の隙間から夜風が入り込み、彼女達の髪を優しく撫でると、微かな歌声も一緒に風に乗って耳に届いてきた。

何を言っているのか分からない。

いや…言葉なんてないのかもしれない。

ただ澄み切った嘘偽りのないその歌声は渚の不安や恐れ、そういった感情をすべて洗い流してくれるようだった。

涙が頬を伝い、手の甲を濡らした。

やがてそれは子守唄のように渚を眠りへと誘う。重くなる瞼の隙間から最後に見えたのは月に映る美しい影だった。

渚は無意識にそれに向かって手を伸ばし、静かに夢の世界へと落ちていった。

「おやすみ。……渚」


カチャッと部屋のドア二つがゆっくりと開かれると、直と洸は顔を出し、足音を立てずに寄り添っている二つの影に近付いた。

「……寝てる」

洸は壁に寄り掛かり頭を垂れている二人の顔を覗き込むと、人差し指を自分の唇に当て、声を潜めて直に呟いた。

「こんなところで寝てたら風邪引くだろ」

直はため息を付くと、渚の体をひょいっと持ち上げた。―と、渚の右手から小さな球体が零れ落ち、洸が慌ててそれを掬い上げた。

「あっぶな…」

一瞬、沈黙があった。洸はしげしげとその球体を眺めると、大事にポケットに仕舞い込んだ。そのまま流れるように直の方に振り向くと、渚の左手は咲の手をしっかりと握って離れず、連結状態になっている。

「ったく…」直は困ったように顔を傾けた。

「まあまあ、今日はこのまま寝かしてあげよう」

「しょうがねえな」

苦笑しながら渚をそっと下ろすと直は一度、自室に戻った。

洸はその背中を見送ると足元に丸まっている肌掛けを手に取り、そっと広げた。ふわっと寝ている二人の前髪が微かに上がると、月明かりに反射して涙の雫が光る。洸は咲の長い睫毛に付いているその雫を掬うと二人の頭を撫でた。

「頑張ったね」

直が掛布団を持って部屋から出てきた頃には、洸はちゃっかりと咲の隣に座り、目を瞑っていた。

「お前もここで寝るんかい」

いつの間にか渚と咲に掛けられている肌掛けを黙認し、行き場を失った自分の掛布団を取り敢えず洸に掛けた。

その奥には涙の跡とはミスマッチな程、力の抜けた渚の寝顔があった。

直は思わず吹き出しそうになるのを堪えた。

「まるで小さい子どもだな」

これには仏頂面の直も自然と表情が緩む。

静かに腰を下ろし壁に凭れると、渚の柔らかな髪に手を伸ばした。

「こうしてると小学生の頃を思い出すよね。よくみんなで一緒に寝たっけ」

ジャストタイミングで声が小さく響く。

直は瞬時に手を引っ込めると一番隅にいる確信犯に目を向けた。

寝ているとばかり思っていた洸の目はしっかりと開かれ、にやりとほくそ笑んでいた。

「あ、ああ。そうだな」

平静を装い答えたつもりが動揺で直の声は上擦る。

直は一回咳払いをしてから「あの頃は今よりも騒がしかったからな」と続けた。

洸はそんな直を眺めてから、やがて目を伏せた。

「悪かったね。あんな約束させちゃって」

「『今夜、咲のことは渚を信じて任せてみよう』ってやつか?」

「うん」洸は短く答えた。

自室に戻る前に洸がそう直に耳打ちをしていた。

「正直、何回か破りそうになったけどな」

直は苦笑したが、「……僕もだよ」

洸の正直な返答に、少し目を開いた。

「でも、まあ…これで良かったと思う」

自室から出てすぐに、安らかな二人の寝顔と固く握られている手に安堵し、緊張が緩んだことを思い出しながら洸は天井を仰いだ。

「こいつ、親父さん達を呼んでたな」

徐にそう呟くと、直はハッとした。

「言っとくけど、盗み聞きしたわけじゃねぇからな。勝手に聞こえてきたんだからな」

直はなるべく声を抑えながら慌てて弁解する。

「僕、まだ何も言ってないんだけど」

「言いたそうな顔してただろ、絶対」

ムキになる直に今度は洸が苦笑した。

そして咲を目の端に映し、口を開いた。

「直、僕はさ…咲の父ちゃんみたいな人になりたいんだよ」

「い、いきなりどうしたんだよ」

突然の洸の発言に直は面喰らった。

「お人好しで正義感が強くて、優しくて。咲がよく自分の父親のことをそうやって僕に話してくれてたんだよ。

昔、一度だけロケットペンダントの中にある咲の家族の写真を見せてもらったことがあるんだけど、咲をそのまんま男にしたような、ぱっと見、咲と見間違えてしまうくらい顔も雰囲気もそっくりな人なんだ」

「……」

「咲にとって父親はヒーローのような存在だったんだよ。

ただある日、突然離されたから…」

そこで洸は言葉を呑み込んだ。

こんなに長い付き合いでも直は初耳だった。ひなたハウスに来る者はそれぞれが訳ありであるため、渚のような特殊なことがない限り、今までお互いの過去を話したり、聞いたりしてこなかった。

どんな理由があるにせよ、結果的に全員親から離されたという事実は変わらない。

それなのに、そこまでの過程が良い筈がない。皆、どこかでそう決めつけ、過去のことは触れない。

それがひなたハウスの暗黙のルールの一つになっていた。

だからこそ直は驚いた。

洸が当然のように咲の親のことを話したこともそうだが、何より咲が自分を手放した親のことをヒーローのように思い、まだ愛していたということが信じられなかった。

直は静かに目を閉じてみた。

久しぶりに両親のことを思い浮かべてみたが、その面影や思い出すら何も出てこなかった。真っ白だ。

(…そうだよな。俺、赤ん坊の時からここにいるんだもんな)

自分を生んでくれた人も、その父親も確かにいたはずなのに誰だか分からない。

それは…とても寂しいこと。

だが、分からないからこそ養育者の碧を素直に『母さん』と呼べる。

分からないからこそ自分を捨てた相手を恨むこともない。…恨みようがない。

それが当たり前だから。それならそれでいい。直はそう割り切って生きてきた。

「なあ…お前の両親って…」

初めてそこまで口に出し、視線をずらした時、洸は咲の隣で静かな寝息を立てて眠っていた。

「…そうだよな。疲れてるよな」

直はふうっと息を吐き出すともう一度、壁に凭れかかった。

第四章

—夢を見た。次の舞台は夕暮れ空の下、広がる終わりの見えない大海原だった。

「こ、ここは…」

深い静寂の中に残るのは早鐘のように打ちつける渚自身の心音と、穏やかで規則正しいさざ波。

「う、み…?」

写真でも映像でもない、生まれて初めて肌で感じる〈海〉を前に、渚の体は余計に強張っていく。

夕日に照らされた海面は琥珀色に染まり、水平線から伸びている砂金を散りばめたような黄金のロードは光に反射し、一際輝きを纏い、ゆらゆらと燃えている。

金色に染まった砂漠を旅している。そんな錯覚を覚えてしまう。

恐る恐る慎重に踏み出した一歩に渚は目を丸くし、次には確かめるように砂の被った自分の足を凝視した。

砂場で遊んだ時とはまた違った柔らかな感触。足を上げるとサラサラと流れていく白い砂。

「これは…夢…じゃない？」

振り返ると、最初に細長く伸びた自分の影。そして——怪物。

「はっ！」と、咄嗟に渚は息を止め、身を竦めた。

薄暗い中、突発的に目に飛び込んだものが本当にその類に見えたのだ。

渚は探るように眼球だけをゆっくりと動かすと、やがて息を吐き出し、脱力した。

怪物の正体は峰々が連なり、まるで押し迫って来るような巨大な連峰。

それは、逃がさないとばかりに立ち塞がり、その圧迫感に窒息しそうになる。

「一体、ここは…どこ？」

行く当てもなく仰ぎ見た夕焼けは、放射線状に色が変わり、地平線に伸びて天割れを起こしている。

湧き上がる恐怖と高揚感、同時に襲う漂流感が渚の胸を締め付ける。

（そう……この感覚。奏のいた世界とおんなじだ！）

夢とも現実ともつかない、残るのはリアルな感覚だけ。

不必要なものを全て排除した世界にイレギュラーな人間が砂浜で一人、成す術もなく、いきなり放り投げられた空間で、その圧倒的な存在感に今にも呑み込まれてしまいそうだ。

「渚？」さざ波に乗って別の音がした。

ゆらりと景色が動いたように感じる。

「ねえ、渚。聞こえてる？」

波風のイタズラだと受け流すにはあまりにも鮮明に響いた声に渚はもう一度、辺りを見回して—次には砂浜に足を取られそうになりながらも駆け出していた。

「咲ちゃん!!」

彼女は砂浜に立っていた。いつもの制服を着て、その長い黒髪は潮風に揺れている。泣き顔は消え、晴れ晴れしい笑顔を浮かべる咲に渚は思いっきり飛び付いた。

「あ！　バカッ!!」

不慣れな足場は渚達の足を絡めとり、咲は渚をしっかり受け止めながら、そのまま尻餅の形で、砂浜に倒れ込んだ。

砂がクッションになっているにも拘わらず、微弱な震音が尾てい骨に届き、うっすらと涙目になる咲と、その横で伸びている渚。

二人は目を合わすと、どちらともなく笑い声を上げた。

「綺麗ね…」

一頻り笑い合った後、二人は砂浜に座り、眼前に広がる景色を眺めていた。

「うん」渚も返事をした。

「こんな穏やかな気持ちになるのは久しぶり」咲は砂を手に摑み、サラサラと自分の横に小さな山をつくっている。

「いい夢」と、笑う咲に「もし夢じゃなかったら？」と、渚が問うと、「それは困る」と、咲が本当に困ったような顔をして笑うものだから、その後の言葉が続かなかった。

「ねえ、渚」沈黙を破った咲の呼び掛けに「ん？」と、渚が振り向くと、真剣な眼差しが渚に向いていた。

「奏の言っていたこと覚えてる？」

唐突に切り出された咲の問いに、目を瞬かせたが、渚はすぐに首を縦に振った。

「あんな衝撃的なこと忘れられないよ」

咲は「そうだよね」と、伏し目がちに微笑んだ。

「…咲ちゃんはどう思う？」

あの夜、聞けなかった問いを渚はようやく口にした。咲はしばらく沈黙してから、意を決したように、喉を鳴らした。

「正直、星座とか神様とか世界とか…規模が大き過ぎて、頭が付いていかなかった」

「うん。私も…」

　率直な感想に渚もすぐに頷いた。

「生まれ変わりってだけで、なんで渚がそんな重い運命を背負わなければならないんだろうって怒りもあった」

　そこまで言うと咲は苦笑した。

「咲ちゃん？」渚は心配そうに視線を投げると、すぐに穏やかな瞳が返ってきた。

「小林に保健室で襲われたあの時、あいつの背後にどす黒い影を見た」

　咲は恐怖をかき消すように早口で呟いた。

「影？」渚は訝しげに顔を顰めた。

「そう。黒い靄みたいなのが、あいつに纏っていた」そう説明すると、咲は「この辺りに」と、震える手で自分の顔の周りを示した。

「とても怖かった。逃げろって本能が訴えてきた。でも、そこでもっと重要なことに気付いたの」

「重要なこと？」渚は咲の言葉を反復した。

「奏の言う通り敵は確かにいた。あれは小林であって小林じゃない。そしてもう一つ」

　咲はそこで言葉に詰まった。言いにくそうに視線を下げると、自分でつくった小さな砂山を壊し、やがて大きく息をはき出した。

「もう一つは…自分が窮地に立たされて初めて、『なんで渚が重い運命を背負わなければならないんだろう』って考えていた自分が、どこか他人事だったことに気付いたの」

　咲は懺悔の言葉をさらに続けた。

「なんで、『渚が』じゃなくて『私達が』って考えられなかったのかなって。その運命に私そのものが関わっていないとなぜ思えたのかなって…自分に対する怒りと羞恥心で頭が沸騰しそうだった…」

「咲ちゃん…もういいよ」

　渚の制止を振り切るように、咲は首を横に振った。顔を上げ、「聞いて」と、囁く咲の眼はとても強い光を放ち、渚を黙らせた。

「その時、思ったの。確かなことは分からない。この私の力でさえ不明瞭で、今は答え合わせの術すらない。それでも、渚の運命を共に背負っていこうって。きっとそれは私の運命でもあるんだって」

　夕日に照らされ、咲の涙は海面に浮かぶ、光の粒と同じ色をしていた。渚の瞳からも咲と同じ輝きが零れ落ちていく。

「さっきの答え。私がどう思うかって？

私は渚が信じたものを信じる。渚が信じた道を共に歩む。それだけだよ」
視界に飛び込む色は漆黒。長く美しい黒髪。白い肌に浮き出る黒い瞳。
何人も触れさせすらしないという決意と闘志に満ちた眼差しは、化け物なんかでは
なく、戦士のようだった。
「いいの?」と、渚が呟くと、咲は「もちろん」と、泣き笑いを浮かべた。その顔が
崖から飛び降りた少女の顔と重なった。
(ああ—そうだったのか)
一つのピースが寸分の狂いもなく嵌った気がした。渚は目を閉じて、天を仰いだ。
(ならば私も誓おう…)
そして、すくりと立ち上がり、渚は咲に手を伸ばした。
「私は欠けたすべてのピースを拾いにいく。
だから一緒についてきてくれる?」
夕日を背に纏い、差し伸べられる右手。咲は月明かりに照らされて微笑む渚の姿を
思い起こす。—ああ、英雄のようだ。
最後に一粒、砂浜に涙を落とした。
そして咲は「当たり前でしょ」と、渚の手を取った。

ヒトの子は眠りにつく。
男はその寝顔を愛おしそうに眺めている。
穢れを知らない無垢なるもの。
それでもその中身は傷だらけ。
これまでに一体どれほどの涙を流してきたのか――男はよく知っている。
種は蒔いた。きっと各々が感じている。
近付いてくる足音を。
咲き誇ろうとする本能を。
恐怖に打ちひしがれている者もいる。
祈る者もいる。
鈍感な者もいる。
ざわつく者もいる。
否定する者もいる。
利用する者もいる。
疑う者もいる。
覚悟を決めた者もいる。
聡い子は耳を欹《そばだ》てているかもしれない。

戦いの火蓋はとっくに切られている。

「これから本格的な全面戦争となるだろうな」男はやれやれと、天にかかる月を見上げた。それでも後悔はないとばかりに、その月に向かって白い歯を光らせた。

「よいしょっと」掛け声を上げ、大きな体が立ち上がった。

その重みと反動に、足元の瓦がピシッと音を立て、亀裂が走る。

男は作業着のポケットの中に手を突っ込み、もう一度ひなたハウスを眺めた。

「それでも…せめて、今だけは、ヒトの子に安らかな眠りを」

風は神の声を運ぶ。

星はヒトの願いを知る。

夜は確実に更けていく。

時間もまた確実に進んでいく。

月影は優しくすべてのものを包み込み、暫しの休息を与えた。

人にも神にも翻弄される少年少女達。

多くの謎そして、それぞれの思惑を残し、それでも少女達は進むことを決意した。

これは神々がヒトの子を巻き込んだ、新たな星座物語の序章に過ぎず、かの者の行く末はまだ誰も知らない。

著者プロフィール

ゆうき 真実（ゆうき まこと）

1994年生まれ。牡羊座。
長野県出身。千葉県在住。

カバーイラスト

ラハナチ（らはなち）
H.N：ラハナチ。
1998年（平成10年）長野県出身。
2020年現在大学在学中。

ミレニアムリンク

2020年８月15日　初版第１刷発行

著　者　ゆうき 真実
発行者　瓜谷 綱延
発行所　株式会社文芸社
〒160-0022　東京都新宿区新宿1－10－1
電話　03-5369-3060（代表）
03-5369-2299（販売）

印　刷　株式会社文芸社
製本所　株式会社MOTOMURA

ISBN978-4-286-21871-7